U0596770

大大的城
小小的她

阮靖 —— 著

深圳出版社

图书在版编目（CIP）数据

大大的城，小小的她 / 阮靖著. -- 深圳 ：深圳出
版社，2024. 11. -- ISBN 978-7-5507-4112-6

Ⅰ. I247.7

中国国家版本馆CIP数据核字第202428D82C号

大大的城，小小的她
DADA DE CHENG, XIAOXIAO DE TA

出 品 人　聂雄前
责任编辑　雷　阳
责任校对　聂文兵
责任技编　郑　欢
封面设计　麦克茜

出版发行　深圳出版社
地　　址　深圳市彩田南路海天综合大厦（518033）
网　　址　www.htph.com.cn
订购电话　0755-83460239（邮购、团购）
设计制作　深圳市龙瀚文化传播有限公司（0755-33133493）
印　　刷　深圳市华信图文印务有限公司
开　　本　889mm×1194mm 1/32
印　　张　6.5
字　　数　120千
版　　次　2024 年 11 月第 1 版
印　　次　2024 年 11 月第 1 次
定　　价　35.00 元

序

12月的深圳，阳光温柔地洒落大地。这样明媚的好天气，我的短篇小说集《大大的城，小小的她》与深圳出版社正式签约。时隔6年，我的第4部书稿几经辗转，终于有了圆满的结局。

前些天，责编发来消息，书稿即将付梓出版。这些天，我的心情一直都非常罗曼蒂克。当一个人心生欢喜时，看什么都好似加了一层柔光滤镜。

清晨的微光、绿豆棒冰、梅子酒、西瓜汁、日落后的清凉、耳机里的歌声，都比往日浪漫百倍。

我漫无目的地在城市闲逛，时常在纷杂的大街上，突然就傻傻笑出了声。呵，这座我生活了十几年的城市，像一杯夏日特调的气泡莫吉托，有我喜欢的活力、劲爽。

深圳的魔力，在于它允许，也能够包容所有不同的粒子，在这里肆意碰撞，产生独属于自己的火光。

穿行在高楼林立的CBD，迎面走来的，是行色匆匆只顾低头捡六便士的人；而漫步在古街小巷，又会看到充满人间烟火的岁月静好。滚滚洪流里，有人不远万里奔赴而来，有人梦想破碎铩羽而归。不经意间，我仿佛窥见了深圳生活的另一番模样。

阳光强烈，水波温柔。在 OCT-LOFT 的白墙上捕捉树叶影子的可爱女孩，正努力踮起脚尖；在海岸城日复一日锤打银饰的手艺人，于熙熙攘攘中超然物外；前海写字楼里，被主管训斥后重新振作的 Office Lady，补好妆容，再接再厉……她们如星星缀在各自的夜空，璀璨耀眼。

在华强北地铁步行街头，时常有路人弹奏钢琴曲。有时是小学生弹奏《玫瑰少年》，有时是背包客弹奏《致爱丽丝》。午后的深圳湾白鹭坡，游人如织，他们看海、赏花、喝茶、慢跑、骑行。有位外来务工人员坐在书吧对面的红椅上小憩，手里捧着一本鲁迅的《彷徨》。傍晚的下沙，孤灯照亮了裁缝老阿姨缝缝补补的身影，这不起眼的角落，不知温暖了多少天南海北的过客。

从前住在白石洲，回家的路要从簕杜鹃下穿过，光影起伏，我也心生涟漪。白石洲是大多数深漂的第一站，也是一道无法忘却的城市记忆。那时的日子很难，梦很多，行李简单，楼下的房东太太常常催租。那里住着程序员、商贩、花艺匠人、未来的小说家，不一而足。随便拐几个街角，就能遇到千千万万个同类，就像歌里唱的"我绝不罕有，往街里绕过一周，我便化乌有"。

天色渐渐暗下来，我踯躅在白石路边的绿道上，远处的春笋大厦隐隐有霓虹闪烁。傍晚6点，打工人陆续走出写字楼，他们围着老罗臭豆腐、刘姐水果、马记煎饼，相互吐槽、调侃，灯光勾勒出一张张年轻的脸，笑容都是关于明天的，那么五彩缤纷，我看得呆怔，直到他们走远，渐渐消失在夜色。

夏日微风吹啊吹，摩天轮转呀转。眼前的深圳，分明是一个巨大的生物体，呼吸、吐纳，白天长出新的血肉，入夜又有旧的细胞剥离。谁都不必哀叹拆掉的楼和离去的人，因为他们也曾青春，曾与城市同频共振。

行至科兴科学园，车流和人海汇成一片斑斓。等咖啡的时候，又想起《大大的城，小小的她》，那些或明媚、或忧伤、或冷漠、或疲倦的面孔在我的眼前轮番闪现，每一张脸上都写满了说不尽的故事。窗外，城市灯火璀璨，我一时有些泪目。

阮靖

2024 年夏末

目录

再见，城中村的小店

窗外细雨，南风微凉。

我坐在 101 路公交车上，看到周围的高楼大厦像一帧帧电影画面，一闪而过。

这座繁华的大都市，已经华灯初上，可万家灯火中，没有一盏灯为我而亮。

车到白石洲的时候，有个年轻的女孩子，脸上带着疲倦，手拉着笨重的行李箱，哭着问公交车司机是否去火车站。

司机说，坐反了，要到马路对面坐车。车上拥挤不堪，人人都在低头玩手机，没有人关心女孩脸上的失望和泪水。

有人欣然前往，有人黯然离开

待车靠站停稳，我被人流裹挟着，在推推搡搡中下了车，还未站定，又有一拨人蜂拥而上。

公交车载着沙丁鱼一样的乘客，缓缓驶向前方。夜色中，我看见那个女孩单薄的背影落寞得像一个不起眼的感叹号。

与她擦肩而过时，我听见她在电话里说："深圳的工作不好找，只能先走了……"

这个城市，永远热闹喧嚣，年轻人像一批批候鸟，有人欣然前往，有人黯然离开，没有太多人在意别人的故事。

我撑开伞，走过益田假日广场的时候，看见里面流光溢彩，人们欢声笑语。此刻，我的耳机里刚好响起那首《有没有人告诉你》。

"看不见雪的冬天，不夜的城市，我听见有人欢呼，有人在哭泣。"这句歌词非常应景，电光石火般击中我的内心。初闻不知曲中意，再听已是曲中人。

我站在举目无亲的城市，茫然失措

2016 年的初冬，我住在白石洲，清晨六点坐一个小时的公交车，去往地王大厦。

那是我上班的第一天，上司让我自己装电脑，再处理一堆表格，不懂的地方自行"百度"。

手忙脚乱一整天，下班前上司来验收工作，劈头盖脸对我一阵痛骂，那不屑的眼神，我永远也忘不了。

下班后又下起了小雨，我怀着满腹的委屈走在雨中，城中村的路越发脏乱，我的肚子早已饿得咕咕叫。雨越来越大，风越来越凉。我站在举目无亲的城市，茫然失措。

幸好，路旁还有昏暗灯光。一位老阿姨站在小店门口冲我笑："姑娘，进来吃碗云吞吧！天冷，别着凉了！"

我一眼看过去，这个阿姨比我奶奶年轻几岁吧。几年前，我还在读大学的时候奶奶去世了，妈妈怕影响我学习没有告诉我，我没能回家参加奶奶的葬礼，这份遗憾，一直像根刺一样扎在心里。

我不由自主地走了进去。店面虽小，但好在干净整洁。

微弱灯光下，身穿一身粗布衣服的阿姨，用颤颤巍巍的手熬煮高汤。金鱼般的小云吞在酱色的汤里游动，上面浮着青翠小葱，与鲜美的虾皮一道，装入碗中。

临走时，阿姨笑着对我说："姑娘，刚来深圳吧，慢慢就适应了，不急！"她的面容像奶奶一样慈祥，我工作上受的委屈仿佛也慢慢消散了。

一个月后，我顺利通过了试用期。每每深夜下班，经过云吞店时，总想进去吃点东西，顺便看看老阿姨。

她说话声音很轻，脸上一直挂着笑，忙前忙后，轻声问进店的人要点什么，要是有人催得急，她就稳稳地说，这云吞得慢慢煮，急了煮不透，不好吃。

来这里的人，基本上是像我一样住在这附近的租客。大家似乎都跟老阿姨很熟，都一个劲"阿姨，阿姨"地叫。

"阿姨，我要加个鸡蛋。""我要豆腐串。""阿姨，云吞不要放醋。""阿姨……"

老阿姨记性不大好，你跟她说不要香菜，她转身就问你，小姑娘，你是不是要香菜呢？然后一勺香菜就撒到热乎乎的云吞上。有顾客点茶叶蛋，她转身就递上个煎荷包蛋。

这些失误常常发生，让大家哭笑不得。但大家对老阿姨总有耐性，就像她的口头禅"煮云吞，要有耐性，得慢慢煮"一样。

好几次，老阿姨端出一些"好东西"跟大家分享。有时是辣椒，有时是她调制的酱料。有次，她端出一盘腌制的萝卜。"来，尝尝，我腌的萝卜，很脆很甜，可好吃了。"

恍惚之间，我竟以为是奶奶来到了身边，一时泪目。

我们拼命向前奔跑，却忘了身边的风景

半年后，我换了一份高薪工作，也搬离了城中村，住进了花园小区。

有次路过，带了同事小白一起去老阿姨的小店吃云吞。

刚吃完，小白就大呼小叫，说："下次还要来这家店，这味道跟我姥姥做得很像！"

我悄悄问她："是不是吃出了幸福的味道呀！"

"嗯嗯。"小白捣蒜似的点头。

两个孤身来深圳打拼的姑娘，在这个简陋的小店，不仅感受到了久违的亲情，还收获了珍贵的友谊。

我和小白约定好，每周同去一次小店。可这样一个小小的愿望，在深圳这座快节奏的都市，也很难实现。

我们一起拼命向前奔跑，像两条平行的铁轨，距离虽近，却难再有交集。

有时候，我准时下班，她却临时要出差；有时候，她清闲了，而我又得连夜加班。我们一直笑着说，下次一定要找个时间，约着去老阿姨的店吃碗云吞。

一次又一次，直到 2019 年年初，她突然辞职离开深圳，我们连声"再见"也没来得及说。

再次走进这家小店的时候，已经过去了大半年，可能时间更久一些。老阿姨似乎更健忘了，听力也日益退化，动作好像也比以前迟缓。但是声音，还是轻轻的，脸上也一直挂着微笑，就像记忆里的一样。

那晚，喝到第一口汤时，我心里顿喜，还是这个味道呀。

我舍不得吃快，一个云吞慢慢嚼，汤也小口小口地喝，就想让这时间过得慢一点——听老阿姨跟顾客拉家常，看她稔熟地擀面皮、做馅料……

她依然会加错东西，记不住顾客点的菜，每次都要问两三次。

除了记性，她下手也越来越重了。那晚吃完云吞，我一路口干舌燥，回到家忙不迭地灌下一杯冰水，连吃两个橙子，还是觉得口渴。

狠下心想，以后不再去了，实在吃不消太咸的食物。可没隔几日，又开始踌躇什么时候再去。

只是我平日为生计奔波，稍有空闲又被各等杂事耽搁，回回想去看看老阿姨，次次不成行，只好安慰自己说来日方长。

它像一束微光，给予你温情与暖意

就这样，直到2020年元旦。我去客户那里开会，刚好经过白石洲，想起那碗熟悉的云吞，才满怀期待地跑去。

谁料小店早已人去楼空。向隔壁邻居打听，才知道老阿姨在两个月前午休的时候，打了个盹就睡过去了。邻居说，小店现在已经转租出去了，下个月，一家美发店就要开张了。

我呆立着，心酸了好久。在我与老阿姨初遇的地方，依然人来人往，依然有温暖的记忆在流淌。

这一刻，我多么希望时间能够倒流，让我能够面对面、真诚地对老阿姨说一声"谢谢"，然后给她一个拥抱。

我知道，在每个异乡人的心中，都有一间属于自己的小店。在某个不经意的瞬间，它像一束微光，给予你温情与暖意。

曾经侧畔，习以为常，当它骤然消失时，你怅然若失。你会发现，在偌大的城市里，你与它相伴相融，一起走过一段又一段时光，早已在彼此记忆里扎根。

来吧姐妹们，深圳欢迎你

照亮你的路

过完这个春天，就是我来深圳的第12年。

当年莽撞无知，只身来深圳找工作，真的是初生牛犊不怕虎。12年前，当我走出火车站，看见城市霓虹闪烁，街道曲折如迷宫，我不知道该往哪里走。拖着数十斤重的行李箱，拦住一个妇女，我问她在深圳住宿哪里最便宜。她指着远处的麦当劳对我说："姑娘，那个地方可以过夜，不收钱。"

就这样，我在麦当劳安然度过了自己在深圳的第一个夜晚，花了14.9元钱，点了一个麦辣鸡腿汉堡、一包薯条，就着白开水，一口一口把所有经历的迷茫、不堪、困顿，吃干抹净，没什么大不了，一颗温暖的胃足以让我斗志昂扬。

时过境迁，我忍不住问自己：如果知道后来的十几年会有这么多的不易，还敢独自闯荡吗？我想答案是肯定的，如今再让我换个城市生活，我仍会心无旁骛，勇往直前，正如泰戈尔所说："你今天受的苦、吃的亏、担的责、扛的罪、忍的痛，到最后都会变成光，照亮你的路。"

初到一个陌生的地方，光是找住处、找工作这两件事就叫人头疼，更不要提那种浸入骨髓的孤独。入职的第一家公司，包吃包住，同事们叫我芸妹妹，那时我是办公室年纪最小的，但我也是最勤快上进的，工作兢兢业业，不到一个月，我就获得老板赏识，升职为小主管。

领到薪水的那天，本想置办几套职业装，我却一头雾水，不知道去哪里买。临了，还是睡在我上铺的巧姐热心肠，说要带我去一个好地方，那里的时兴款式多得看不过来。那日，两个姑娘走在熙熙攘攘的东门老街，街边商铺林立，真是"乱花渐欲迷人眼"呀。谁能料到，十年河东，十年河西，往日热闹喧嚣的东门步行街已经大不如前，那位说着吴侬软语的眉眼弯弯的巧姐，迫于深圳的房价，也早已打道回府，回了苏州老家。

当年宿舍一共有八个姐妹，如今还留在深圳的所剩无几。很多个深夜，我也曾抱怨这座城市太过冰冷，也想逃回老家，想英年早婚，想找妈妈，但幸运的是我遇到了凤姐。我们是在一次同乡聚会上认识的，无意中聊起 TVB 港剧，那叫一个相见恨晚。那天凤姐穿着《壹号皇庭》里宣萱同款西装裙，嘴角带着自信，眉梢挂着坚韧，活脱脱像是从港剧里走出来的大女主。听凤姐说，她就是看了《鉴证实录》，特别钟爱陈慧珊饰演的干练女法医，所以大学念了法医专业。而我对《创世纪》中 Lisa 一角情有独钟，折服于她的冷静睿智，做梦都想成为那样的都市精英。2016 年，原公司因经营不善倒闭，凤姐引荐我去了一家德资外企，薪酬翻倍，工作压力也排山倒海，每次想打退堂鼓时，凤姐总在一旁给我打气，鼓励我多学学《壹号皇庭》里的丁柔、唐毓文等女检察官，还有方家琪、程若晖这样的女律师……她们都是夜空中最闪亮的星，在黑暗中照亮我前行，教会我自立自强。

眨眼的光景，我从换公司到换行业，从读书进修到自主创业，磕磕绊绊，也算完成了从一条毛毛虫到蝴蝶的华丽蜕变。事实上，生命中所有的经历都不是过眼云烟，那些曾经与我相遇、亲昵的人们，在我眼前瑰丽地展开、闪过、消失。

适者生存

犹记得，2018 年，我的两个妹妹，先后来到深圳，都是花儿一样的年纪，却背道而驰。

娇滴滴的林妹妹是姨妈家的表妹。姨妈老来得女，捧在手里怕摔了、含在嘴里怕化了。林妹妹毕业于一所专科学校的物流专业，姨妈原本在老家给她联系了一家工作闲适又收入颇丰的国企单位，但林妹妹毕竟年轻又任性，想到南方沿海城市来见见世面。姨妈拗不过，只好四处托人，找到在深圳某物流公司做副总的刘婶，安排林妹妹到刘婶的公司上班。

林妹妹是坐飞机来的。一见面，眼睛红肿的她就拉着我倾诉，姨妈和姨父在机场送她的时候，三个人都哭成了泪人，因为她从未独自出过远门。刚到家，姨妈的电话就追了过来："你是姐姐，可要照顾好妹妹啊！她要是哪里磕到碰到，我就拿你是问！"紧接着，我妈也打来电话，内容一字不差，叽里呱啦搅得我脑袋乱哄哄的。

我心里满是委屈，不禁悲从中来。想当初，我也是一个人来深圳，一路跌跌撞撞，流泪了也只能自己轻轻擦干，我拿谁是问了？我也不过就比林妹妹大五岁。

那一年，我刚按揭买下一套两房小公寓，算是在深圳扎下了根。林妹妹当然可以住在我家，但刘婶苦口婆心劝说姨妈，她在员工宿舍帮林妹妹安排好了床位，那里离公司近，通勤方便，年轻人又多，林妹妹大可以趁这个机会多历练历练，也有利于将来发展。姨妈心里很不情愿，但不想拂了刘婶的面子，只好答应。

我送林妹妹去了宿舍。绿荫遮盖的老屋是四人间，同屋的女孩子们都很热情。宿舍的居住条件在深圳算得上舒适惬意，重点是公司有饭堂。我替林妹妹高兴，专业对口、福利完善，又有贵人提携，这可比我初来深圳时的境遇好了不止百倍！

没想到，第二天下班到家，我惊异地看到坐在花园长凳上的林妹妹。她哭得梨花带雨，说："姐姐，我还住你家好不好？宿舍条件太差了！我跟她们也无法相处！"

听她哭诉一通，我发现都是小事，便安抚道："在深圳，谁都是远离父母，你的室友在家可能也都是娇滴滴的小公主呢，大家同在一个屋檐下，要互相照应，慢慢来吧，她们能住得开心，相信你也行。"我鼓励她利用这段时间，好好锻炼独立生活的本事，以后不管在哪里做什么，都能受用一生。最后我们达成一致，平时她还是回宿舍住，周末再来我这边玩。

第二天，林妹妹面色平静地上班去了。可当晚，我被无数通电话轮番轰炸。姨妈哭着数落我半个小时，"姨妈从前待你不薄，为什么你就容不下你妹妹？"我妈也劈头盖脸对我一顿骂，七大姑八大姨个个跳出来指责我，说我像《北京人在纽约》里那些出了国的人一样凉薄无情，"你个白眼狼，还没出国就这样了呀……"

我听着她们的责骂，也不想过多解释，解释了她们也不会明白。我只希望林妹妹能明白，至少她在深圳待过一段时间之后能慢慢明白。深圳是一座非常考验人的城市，践行优胜劣汰、适者生存的准则。

可惜的是，林妹妹没有给自己弄明白的机会。两周后，她怀着对我和对深圳的满腔怨愤回了老家，在姨妈和姨父的荫蔽下，在盘根错节的人情世故中，继续单纯地生活。

独立的好处

就在同一年，叔叔的女儿，我的堂妹小钗，也来了深圳。

小钗是美术专业高才生，叔叔在老家是知名的画家，但小钗并不想活在父母的羽翼之下。大学毕业后，小钗在北京和上海相继工作过一段时间，做动画片制作，最后落脚深圳，在一家广告公司做设计。起初我压根不知道她来了深圳，她是等工作稳定了之后，才给我打电话，说周末想来我这里坐坐，认个门。

小钗是带着一大束鲜花来的，满面春风，来之前也没让我去接，我打开门看到她的时候，真是吃了一惊。从前那个瘦弱的小女孩，如今穿戴得时髦又利落，眉宇间透露着一股子干劲。我心生欢喜，忙问起她的工作和生活有没有困难，她笑着说："困难嘛哪里都有，总体顺利就好啦，姐姐你不用担心我。"

在接下来的日子里，小钗时不时会给我打个电话，聊聊近况。慢慢地，我知道她恋爱了，搬家了，从公司离职自己创业了，开了间小小的设计工作室……我看着她一路成长，每当她的工作室遇到难处时，我试图向她提供援助，叔叔也想让他在深圳的朋友和学生帮帮她，但她无一例外地谢绝了，说："我还是试试自己行不行吧。"

皇天不负有心人，小钗的工作室现在越做越好，婚姻也很幸福，孩子都上小学了。节假日的时候，我们会相约一起去杨梅坑骑单车，吹海风，享受这忙忙碌碌中难得的悠闲时光。

偶尔也会聊起林妹妹，听说她回老家后，早些年也过得不错，孩子上了小学，老公身家不菲，她辞了职，当着人人羡慕的富家太太。谁知道，天有不测风云，2020年春节，姨妈染上了重疾，因没有及时治疗，身体每况愈下，医药费几乎耗尽家底。林妹妹的老公是做传统零售的，在电商巨浪的冲击下，业绩十分惨淡，公司濒临倒闭。而林妹妹这么多年一直养尊处优，不问世事，与社会脱节，面对生活的拳打脚踢，她早已没了还手之力……

后来我又听说，人到中年的林妹妹重新出来找工作，却处处碰壁。想当年，刚毕业时，她的底薪是五千元，这么多年过去了，她能找到的工作，待遇仍不超过五千元。这境况，真是让人唏嘘不已。

我试着联系过林妹妹，但她似乎有意躲避。是啊，就算是和林妹妹面对面，我除了略表关心，还能说些什么呢？依附有依附的收益，独立有独立的好处。唯有一点：每一个在深圳留下来并且过得不错的姑娘，独立早已成为她们生命的一部分，改不掉，戒不了，历经风雨岁月却不减分毫，任谁也夺不去。

来吧姐妹们，深圳欢迎你。那些曾经川流不息的人群，就像大海的潮汐一样，总会留下最闪亮的那一部分。

谁来深圳没有一段难挨的时光

　　工作间隙，我也曾把手机对准深圳湾的高楼大厦，看着阳光下熠熠生辉的建筑群，很难想象，高楼背后，人渺小如蝼蚁，普通人一地鸡毛的生活也是这座城市被折叠起来的一部分。幸好，在这钢铁丛林里，时不时也会遇到一些温柔的眼神和无私的帮助，是爱和希望让你在泪盈于睫的绝望时刻转危为安，破涕为笑。

我心微微凉

　　或许，每个孤身来深圳打拼的人，都曾有过借住的经历。犹记得我初次来深圳的时候，借住在大学同学阿雅那里。阿雅在罗湖火车站一接到我，就给我打了预防针，她住的地方有点偏！

　　当时，我抬头看着不远处的香格里拉酒店，心不在焉地想，在深圳，还能偏到哪里去呢？事实证明，我是 too young

too simple。现在还记得，那天来为我接风洗尘的有五个同学，大家在一起叽叽喳喳，又是聚餐，又是八卦。待酒足饭饱之后上了公交车，重逢的喜悦让我的大脑太过亢奋，忘了观察周围的环境，忘了看看车窗外越来越荒凉的景象。

直到转了两次车后，我才发觉周围的市容实在与我预期的相差甚远。放眼望去，杂乱分布的低矮厂房中零星点缀着数间农民房，看起来逼仄又寒酸，想想，这景致还真不如家乡的小县城。

马路中间被开膛破肚，一副无人问津的样子。马路两边是裸露的土壤，零星长着几蓬野草，看着像狗尾巴草的样子，高高的，在风里招摇。入目所见，是几个深浅不一的大水坑，若要迈过去，想必得使出浑身力气跳跃。坑边湿漉漉的泥土上，留着一些散乱的脚印，一直延伸到远处……

至此，我心微微凉。过往的行人也不是在电视里看到的那般摩登时尚，没有人手拿星巴克，边走边谈笑风生，人人都在为生计低头奔波，黝黑的小摊贩推着车卖水果、穿着工衣的厂妹步履匆匆……我一扫初来乍到的意气风发，心灰意冷地看了阿雅一眼，还好她很乐观，笑嘻嘻地对我说："这里偏是偏了点，但是胜在水果便宜，房租也不贵，习惯就好了！"

我轻轻将手放在阿雅手背上，落日的余晖恰好落在上面，那颜色像刚出炉的面包，是金灿灿的暖色。那夜，我带着无限的心事，久久无法入眠。后来，我认识了一个警察，跟他聊天说起自己刚来深圳时借住的地方，警察笑着说："我知道那里，我们训练的时候就在那附近练习打靶。真是想不到，你当时会住那么偏。那段经历，很辛苦吧？"

　　我笑笑，人总是在回忆过去的时候，觉得当时很苦，然而身处当下时，并未觉得有多难挨。我在阿雅那里安顿妥当后，就开始马不停蹄地投简历。等到去面试，才真正意识到阿雅的住处有多么不方便！那时候，智能手机还不普及，我出门不能查地图，每天只能按固定线路出行：早上六点半起床，十分钟梳洗打扮，胡乱吃几口零食，带一杯酸奶，七点出门，坐四十多分钟的接驳车到龙华汽车站，再走十五分钟抵达清湖地铁站，然后转地铁或公交四处面试。

　　如此循环往复，我每天早上七点出门，晚上九点回来，一天不过面试两家公司，却身心俱疲。记得最夸张的一回，我竟在一日之内，坐齐了五条地铁线。奔波数小时，往往面试才三分钟。看着屡屡受挫的我，阿雅终于按捺不住，在空余时间帮我分析"关内关外"的区别，在阿雅的指点下，我醍醐灌顶，找工作不能像无头苍蝇一样四处乱撞，选择一个中心，划定一个范围，才是当务之急。

后来，时间过得比想象得快。从春末到初夏，好多个晚上，我对着窗外哗哗作响的白桦树，感到自己会飞翔，也会泯灭。在那段不足为外人道的日子里，我去过深圳很多稀奇古怪，后来再也没去过的地方，当时的体力和活力，让现在的我想起来真是感到不可思议。大概是太年轻了，连吃苦也觉得有几分新鲜、几分乐趣。

遇到了一个好人

偶然间，我发现 K332 路公交车（2022 年 5 月 31 日起取消）可以从观澜直达南山、福田市区，全程一个多小时，票价 10 元，这让我的求职之路慢慢顺遂起来。我决定，将自己工作的地点定在福田或者南山，既然来了深圳，就要在深圳的中心区立足，哪怕看看风景也是好的。

我曾问过阿雅，是如何忍受在如此荒僻之地工作生活的？阿雅只淡淡地说一句："因为工资高，生活成本低呀！"我能理解阿雅的选择，但我不能忽视自己的真实感受。我永远不会忘记高中时看过的一本书，叫作《牧羊少年奇幻之旅》，书中说，没有一颗心，会因为追求梦想而受伤。当你真心渴望某样东西时，整个宇宙都会来帮忙。

现在想来，所言不虚。我发现了 K332 路公交，从此出行方便，沿途风景也越来越亮丽，南山佳木葱茏、遮天蔽日，福田 CBD 高楼林立，我常坐在公交车上憧憬未来，幻想自己就是这 CBD 写字楼里的高级白领，在宽敞明亮的办公室里挥斥方遒……有时候，靠在车窗边，幻想得太过专注，竟也会小睡过去，还好这样冒险的行为并未让我坐过车站，我总是在千钧一发之际，陡然醒来，倒也相安无事。

只是幸运也并非如影随形。记得那晚我结束面试时已经六点十分，赶到 K332 路公交世界之窗站的时候，夜色已从四面袭来。当时的深南大道华灯初上，商业街流光溢彩，衣着光鲜的年轻人鱼贯而入。那般景象，你若快乐就觉得繁华，你若失意，大概会觉得落寞。

因为一天的奔波，刚坐上 K332 路公交车，我就疲倦地睡着了，等睁开眼睛的时候，窗外比任何一晚都显得更黑，也更加陌生。再看看车里，所剩乘客也寥寥无几。我心里一紧，观察了一会儿，然后迟疑地问一位看起来面善的阿姨观澜汽车站到了没。阿姨说，已经过了。她虽一脸疲倦，却极其温柔，眼神里也带着一丝遗憾——很明显，她已经发现我是一个坐过站的倒霉蛋。

我的心咯噔一沉，看看手机，已经是十点二十分，可怕的是，手机电量也所剩不多。公交车还在行驶，朝着我全然陌生的方向。夜色越来越浓，周围越来越荒僻，我心里也越来越急，眼泪在眼眶里转了许久，终于忍不住掉了下来，然后就控制不住地号啕大哭。

车上的人都开始关心起我来，有人说，怎么这么不小心呢？有人帮忙出主意，下一站，你赶紧下车，然后再打车回去吧！又有人说，这么晚了，这荒郊野外的，可不好打车。

事已至此，我反倒冷静了下来，踉跄着走到司机旁边，询问此刻与我本该下车的站点有多远。司机是个小伙子，他告诉我说，两站。K332路公交车站点与站点的距离很长，放在老家，就是一个镇到另一个镇的距离了。

此刻，我近乎绝望，眼泪渐渐被风吹干了。我坐了下来，看着窗外，明暗不定的玻璃上映着我木然的脸。马路越来越窄，行人几乎不见，很长一段时间，车窗外黑黢黢一片，没有人烟，我无数次在心里自问，这真的是那个自己梦寐以求的深圳吗？

仿佛过了一个世纪那么久，公交车终于在一个破旧的站牌底下，缓缓停了下来。车上的好心人催促我赶紧下车，再返回去。我迟疑了一会儿，慢慢站起来，视死如归般往车门走去。

只见路边有几棵梧桐树，昏黄的灯光下，有一家摩托车修理店还开着门，门口站着一位中年男人在抽烟，在烟雾缭绕中，他的身份让人觉得十分可疑。我在车门口踌躇着，在这种荒郊野外，我什么时候能找到车回去？

一阵不安的情绪让我僵在原地，我转头对司机说，我可不可以不下车，跟你的车坐到终点站再坐下一班回来？司机说，这是今晚最后一班 K332 了。

我一阵绝望，吸了一口气，怀着"死就死吧"的心情准备下车。司机叹了口气说，你回来吧。

我的大脑还没反应过来，脚却本能地往回走，一边走一边擦着眼泪问，不下车那怎么办？司机说，我把车开到终点，然后送你回来，我再回去交班。

那一刻，世间最美丽的句子都无法形容我对司机的感激之情，我连忙向他道谢，有些语无伦次。但他只是说了几声没事。我重新坐了下来，在驾驶座斜对面的位置。窗外还是那么黑暗，但我心里却一片光亮。

我注意到司机的侧脸，非常白净年轻的一张脸，他穿着整洁的司机制服，坐得端正笔直。一个好人，我想，我遇到了一个好人。

再见，K332 路公交

那是 2010 年 7 月的一个盛夏之夜，我安然回到阿雅住处时，已经十一点多了，手机电池的电量耗尽，早已关机。阿雅一直提心吊胆等着我回来。我跟她讲述这些时，两人在月色下神情凝重，感叹着生活的不易，以及世上还是好人多，我们叽叽喳喳聊到深夜才睡。又过了几天，我终于如愿以偿，接到了一个不错的 offer。收到消息的次日清晨，我提着简单的行李离开了观澜，准备去南山找房子，开始我焕然一新的生活。

阿雅帮我提着简单的行李，眼神里有不舍、有羡慕、有期待，我们站在灰尘满天的马路上，当 K332 路公交车摇摇晃晃从远方驶来时，我知道，该与阿雅说再见了。

一上车，我扫过众人，立马认出司机竟是那夜开车送我回来的帅小伙，我心里的欢乐如一路随行的清风，这世界真是说大就大，说小就小。在车上，我一直盘算着要跟他打个招呼，却碍于人群，始终没有勇气。

直到快下车的那一刻，我终于穿过人流，挤到他面前，对他说，师傅，您还认识我吗？他愣了一下，随即笑了起来，说，是你呀。他的笑容纯真而羞涩，有几分不好意思。我说，谢谢你呀。他说，没事儿。我说，再见。他又愣了一下，也说，再见。

　　我想他也许没注意到我手里的行李箱，他不知道，我跟他说再见，不是因为我要下车了，是因为我可能再也不会坐K332路公交车了。

　　从那天开始，我结束了初来深圳的那段难挨时光。

感谢你曾如浮板，托起了我 22 岁的人生

碎银般的光芒

也许是当年的我感觉人生漫漫，不甘平凡才是年轻的标配。2005 年 7 月刚毕业，我试图在重庆找工作，却屡屡碰壁，彼时的我心灰意冷又胸怀大志。如此郁郁寡欢三个月之后，我终于选择挥别父母，只身坐上飞往深圳的航班。

来接机的是小学同学伶俐，人如其名，聪明伶俐，不过二十岁出头的她竟然动用了公司资源，开着一辆小金杯来机场接我。看着花花绿绿、春意盎然的深圳，各色大厦耸立街道两旁，我的心跳得那么雀跃，我暗暗发誓：要在这儿出人头地，衣锦还乡。

伶俐跟我也算闺蜜了，从前寒暑假经常一起租 VCD 打电动游戏。她身上有种灵气，手腕上戴着硕大的白水晶珠串，衬得她的皮肤更加白皙。她相信宇宙神秘力量，喜欢日本动漫，爱各种文化。她边开车边与我闲聊，言语间，自豪

感满满。伶俐关于深圳的各式见闻与小道消息，让我听得津津有味，立马崇拜起她来，她刚刚大学毕业，就在深圳找到IT类工作，薪水优渥，让人羡慕不已。

从此，伶俐成为我在深圳最依赖的好友。因为我没有落脚的地方，伶俐便将我领进了她们公司的集体宿舍，每晚跟她挤在一张大学宿舍里那样的单人床上，虽苦犹甜。每每回想起这段岁月，我心里总是百感交集。伶俐的公司在深圳景田北美食街旁的大厦，公司很是气派，听说是专门为政府做软件系统开发的。公司包餐食，做饭的阿姨是老板的亲戚，人很和善，我每天外出找工作，阿姨到了饭点去公司送完餐回来，还会特意给我留一份。至今，我都记得阿姨做的梅菜扣肉是那般肥而不腻，唇齿留香。

当时，我找工作并不顺利，初来乍到，又能力平平，仅有一张计算机专业本科毕业证书和一张物流师职业资格证书。我在2005年隐隐预感到，未来物流业一定前景广阔，于是一门心思投简历到物流企业，结果却石沉大海，我的生活一片灰暗。

当时，我已经在伶俐那里借住有一些时日了，哪怕我再愚笨，也能感觉到她们对我颇有微词了。聪明如伶俐，又怎么会毫无察觉。在一个周日的午后，伶俐终于开了口，说：

"老胡，你住在这里有些日子了，同事们说能不能一起分担水电费？你睡的是我的床位，我没问题，但其他同事可不买账，如果被公司知道了，会影响不好。"

我涨红了脸，心里既羞愧又难过，赶紧点头应允。许是我难为情的样子触动了伶俐，她歪头想了一下，出了一个主意："老胡，干脆你就来我们公司吧，待遇福利都很好，外面多少人排队等着呢！"我一听，精神为之一振，可是，转念一想，我毫无经验，又怕连累伶俐，心里有点打退堂鼓。

伶俐拍了拍我的肩膀，笑着说："放心，老胡，包在我身上。"那一刻，我在深圳十月的阳光下，看到伶俐的小虎牙闪耀着碎银般的光芒，脆弱的心微微一暖。

悲伤得不能自已

"老胡进公司"计划如火如荼地进行着，伶俐先是请部门主管吃烧烤，接着又请HR吃了顿火锅，专门隆重地推荐我，说我大学读的也是计算机专业，希望有机会能来公司工作。可惜当时的我太年轻，脸皮薄，一见陌生人就满脸通红，说话也怯怯的，伶俐在一旁，想帮忙，又爱莫能助。于是，此事便被搁置。转眼间，又是半个月过去了，我的工作仍旧毫无着落。

好在伶俐是个乐观的人，她的开朗也带给我欢乐。她每天下班回来分享公司的各种八卦消息，以及公司帅哥的糗事。伶俐的分享让我一扫找不到工作的阴霾，差点以为自己也是他们公司的一员了。

那是初冬的一日，伶俐穿着粉色连衣裙回来，悄悄凑到我耳边，神秘兮兮地告诉我，公司人事部老大其实是老板的亲戚，只要能够成功打通他的关系，我进公司的事，就指日可待了。伶俐说，她已经向人事部老大举荐了我，我兴奋得跳了起来，围着伶俐在房间里转了几个圈。两个姑娘单纯爽朗的笑声让楼下发出了不满的抗议，那一刻我们并不想停止自己的喜悦。但是，这种喜悦仅仅维持了一个星期。

到了周五的晚上，伶俐接到一个电话，那人示意我去公司旁边一家酒店面试。两个涉世未深的女孩子当时压根不知道危险，还以为是难得的机会。我满怀期待地跑过去，推开门，见有人在里面洗澡，这才后知后觉，发现不对劲，立马撒腿就跑。

当我气喘吁吁回到宿舍，将当时所见告知伶俐时，她也是惊恐万分，真是知人知面不知心，平日里衣冠楚楚的人事部经理私下竟如此龌龊，幸亏我今日福星高照，逃过一劫。从此，我彻底断了找关系进伶俐公司的想法。

很快，我身上的钱就所剩无几了。我给母亲打了一个电话，她在那头嘘寒问暖一番后，得知我还没有找到工作，便委婉地表达了自己的看法，她想给我买张机票，让我赶紧回家。当时，我的眼泪滚滚而下，思忖再三，也没好意思再伸手向家里要生活费，支吾着说再看看吧……

从内心深处来说，我是想在深圳扎根的，出人头地的想法怎能就此灰飞烟灭？我不甘心，亦不想认输。

我一个人走在景田北的巷子里，悲伤得不能自已。我拨通了大学室友——身在海南的小杨的电话，刚提及想借钱，那头就挂断了电话；接着，又拨通了第二通电话——身在珠海的小吴问了我的情况，就知道我手头困难了，她也不拐弯抹角，在电话那边直截了当地问："你卡号多少，等下用短信发给我，一千元够不够……"

我就像溺水的人抓着浮板一般，在我濒临绝望的时刻，小吴的慷慨解囊让我绝处逢生。当时，我没忍住，眼泪大颗大颗地掉下来，除了木然地点头，语无伦次地说着谢谢、谢谢，我也不知道该说什么。

乘风破浪

很快，我收到了银行转账的短信通知。此时，已经跨入了 2006 年的夏天，一切都是生机勃勃的景象，同学们都按部就班地工作，我却徘徊在深圳各处，写着鼓励自己的日记，马不停蹄地找工作，心里的苦无处可诉说。

那个时候，我早已搬出了伶俐的宿舍。因为有人举报，公司也正式下发了文件，不准外人借住。伶俐很是义气，第一时间帮我在城中村找到一个住处，房租是我能够承受的。房间破旧狭小，又不通风，楼下就是夜市，嘈杂来往的人群川流不息。

我手里余钱不多，能借的都借了一遍，再不上班，真的要弹尽粮绝了。一日闲逛，看见景田北美食街一家火锅店正在招服务员，我硬着头皮上前去应聘，没想到老板娘看了我的简历，让我立马上岗，并且还可以预支一个月的薪水。那一刻，我长吁一口气，终于靠自己有了人生第一笔收入。

当时，火锅店的老板娘、后厨，以及所有服务员都很照顾我。后来，只要我有空，便会回去那里，邀请三五好友，涮涮火锅，聊聊天。不同的是，自己已经是座上宾。有时候，人不得不感叹人生际遇，在深圳，只要肯努力，你的处境终究会有所改变。

火锅店的老板娘，我叫她蓝姨，待人非常和善。当时，我虽然只是一个服务员，但她对我特别亲切，也给了我特别多的机会。我记得，在店里端了两个月的盘子以后，她邀请我去她家过中秋节。那晚，我才发现，原来火锅店只是她众多投资中的小小一项。

蓝姨的老公是知名证券公司的高管，儿子在美国。去了她家我才发现，电视剧里那些住别墅洋房的富豪是真实存在的，蓝姨家里有旋转的楼梯，有临海的花园，还有很多阿姨……

蓝姨说，她正在帮我物色合适的工作。当年，她也是只身一人从内地来深圳，起初，她胆小怯懦，也是从一个服务员做起，慢慢才有今日的成果。所以当她看到我时，就如同看见了往昔的自己。而蓝姨的经历，更让我坚信，一个人的性格是可以改变的，命运也是可以改变的。

临别的时候，蓝姨从衣帽间取出一件翠绿鲜嫩的连衣裙送给我，并说，女孩子出来闯世界，怎能没有一件像样的连衣裙？那天回家之后，我轻轻抚摸着这质地上乘的连衣裙，想着穿上这件战袍，必要像蓝姨一样，乘风破浪，驶向梦想的海洋。看着镜中的自己，我渐渐找到自信，对蓝姨的提点更是心存感激……后来，在蓝姨的举荐下，我去了一家刚刚成立的互联网公司，从事销售工作，要知道腼腆如我，这份工作对我而言可是一个从前想都不敢想的挑战啊！为此，我十分感谢蓝姨，她是我人生中的一个贵人，让我与互联网结下不解之缘，也让我成为更好的自己。

如今，我已是圈内一个小有名气的互联网公司 CEO，坐在自己阔气的办公室里，谈吐优雅，工作干练。回过头再去看那段刚来深圳的日子，仿佛看见一群天使挥动着白色的翅膀，在一片暗无星辉的海上，把我托起举平，不至下沉。是她们，托起了一个女孩最重要的成长：让我度过了一段肆意的青春，成为一个幸运的追梦人。谢谢你，谢谢你们，曾与我分享过那样的时光，我心永存感激。

福田柜姐二三事

世有深情人

在很多人眼里，我们做柜姐的，一个个趾高气扬，眼高于顶，是不折不扣的势利小人。对此，我不想辩解，因为确实有一些女孩子，渴望借助这份工作实现阶层跨越。可在高端化妆品零售店工作这么多年，我却见过很多"明明可以靠颜值，却非要靠才华"的女孩子，萌萌就是其中一个。

萌萌这姑娘天生一张网红脸，肤白貌美大长腿，只要是她搽过的口红色号，若是被顾客看到了，必定要被一抢而空！这样一个姑娘，完全可以恃"靓"而娇，却性格极好，为人豪爽，大气得像个东北爷们，在我们专柜，她不仅销售业绩十分出众，人缘也是首屈一指。

可万万没想到的是，有一日，她竟毫无预兆地提出了辞职。

作为店长，她的辞职对我来说如失猛将。但看着她满脸倦容，我也只能在辞职报告上签下"同意"二字。

其实，萌萌辞职是因为她的未婚夫，就在两人紧锣密鼓筹备婚礼时，未婚夫却在某天早上忽然昏睡不醒。我看不懂她拿来的厚厚的诊断书，简单说就是脑袋里长了一个肿瘤，并且压迫到了神经，医生不建议保守治疗，最好进行手术，但手术风险很大。

未婚夫来自单亲家庭，母亲一个人含辛茹苦把他养大，如今他遭此重病，母亲的整个世界都坍塌了，所有重担就落在了萌萌身上。

萌萌从此开始了百货公司和医院两头跑的生活，原本单薄的身体短短几天里变得更加消瘦。

其间，我们都想劝萌萌重新考虑婚姻大事，毕竟还没领证，男方的病情很难预料，毕竟她还年轻，人生还有无数可能……即使她选择分手，一切也都在情理之中，没有人会忍心责怪。为两年的感情赌上下半辈子，值得吗？

虽然这些考虑并无恶意，可在萌萌的义无反顾面前，这些话几次到嘴边，终究无法说出口。

有一次，我下班刚好外出办事，就让萌萌坐我的车，顺路把她捎到医院。

上车不过十余分钟，萌萌就歪在副驾驶座位上睡着了。

看着这个累坏了的姑娘，我心疼之余，更多的是暗自叹息。我还记得萌萌欢天喜地宣布婚期的时候，满眼闪着blingbling的光，我问她喜欢男朋友什么啊，她说喜欢他长得帅啊，当时，大伙都笑话她爱得肤浅。

现在看来，倒是我们显得俗不可耐。

那日，我跟着萌萌走进病房，男孩躺在靠窗的床位上，度日如年，但在看见萌萌的刹那，仿佛世界都亮了，他眯缝着的眼睛一瞬间睁开了。

我看见萌萌强颜欢笑，走到床边打趣地对男孩说："你看你面子多大，我们老大都亲自来看你了。"

男孩把目光移向我，没有说话，也没有表情。萌萌说他现在什么都能听得懂，就是做不出反应，叫我别介意。

一瞬间，我的眼角竟慢慢湿润了。

萌萌搬来椅子请我坐下。我环视一下局促的病房，问她晚上睡在哪里，萌萌朝我努努嘴巴说："就那把椅子上。"语气轻描淡写，却引得我心头一紧。

这么长时间，这傻姑娘整晚就歪在这把椅子上，而她白天还要拼命工作，为未婚夫赚钱支付高昂的医疗费用……真的难以想象她是如何撑过来的。

临走的时候，萌萌轻声对未婚夫说："我老大要走了，你快起来送送。"他依旧没什么反应，萌萌笑着埋怨道："真是没礼貌呢！等你好了再收拾你！"

离开之后，耳边一直响着萌萌那句"等你好了再收拾你"，这一句埋怨中有多少坚定、期待和不离不弃，只有当事人能够了解。在这个物欲横流的城市，像萌萌这样的姑娘，比铂金钻石更加稀有珍贵。

只是，生活有时候并不会给你一个期待的圆满结局，萌萌未婚夫的手术虽然成功了，术后却出现了一系列的排异反应，萌萌毅然辞掉工作，日夜守护。

原来，真的有人在薄情的世界里，深情地活着。

用幸福告别磨难

工作中，每天会接触到很多人到中年的女性，她们是我的客户，我也视她们为朋友。随着交流的增多，我与她们中的很多人成了忘年之交，发现她们当中的每一个人，各有各的故事，各有各的魅力。

她们中不乏人生赢家。

所谓赢家，并非指物质丰裕，她们收获的是精神上的满足。她们经由岁月的洗礼，目光温婉、为人谦和，安定从容的态度自然而然地流淌在每一个举手投足间，坐在她们的对面，你会忍不住跟着她的节奏慢下来，安静下来。

她们也会诉说自己的不幸，可却像在讲述别人的故事。她们用幸福反馈生命中的磨难，好像在说："看吧，其实那些也没什么，我现在不是好好地坐在这里跟你聊天吗！"

这些姐姐当中，有一位高姐，与我特别有缘。认识高姐那年夏天，她因为乳腺癌，刚刚做了双侧乳房切除手术，却因为选到了心仪的口红而开心得像个少女。

更巧的是，我在为高姐办理会员的时候，竟发现我俩的生日是同一天，所以每年我都会用心为她准备一份特别的礼物。渐渐地，我们成了朋友，我这才知道，48 岁的高姐不曾生育，没有儿女。

我们第一次一起喝下午茶，音乐如水，微风撩人，她穿着一件碎花连衣裙，搽着玫瑰色的口红，头发随意地散落在肩上，阳光透过玻璃洒在她脸上，暖暖的，我觉得她更像是个 20 岁的小姑娘。心中不禁艳羡，岁月怎么这般宠爱这个女人！

可慢慢在交谈中我才得知，在她 25 岁那年，也就是在结婚的第二年，一场意外夺走了她肚子里即将出生的宝宝，也夺走了她做母亲的权利。丈夫不能接受没有孩子的婚姻，软硬兼施地把她赶出了家门。

"刚离婚的时候，我曾想到过自杀，"她说，"对于一个特别爱孩子的女人来说，不能有一个自己的孩子，真的非常痛苦。"

听她讲述着曾经的苦难，我不安地搅动咖啡，感觉有点恍惚，有点不敢相信养尊处优的她竟会遭遇如此厄运，一时傻傻地怔住，不知道该说什么。

高姐停了停，又说："过了很多年我才知道，人这一生的幸福是定量的，命运拿走你某样东西，是为了给你其他东西。比如我，如果没有经历那些痛苦，也不会那么早知道，原来我的前夫可以为了离婚变得那般面目可憎，我也不会遇见我现在的丈夫。那我此刻也许正因为公司裁员、孩子高考、老公出轨等一系列问题忙得焦头烂额，哪会像现在这般惬意，跟美女喝下午茶？"

说罢，高姐还调皮地朝我挑了挑眉。

隔着卡座方桌，我被她身上洋溢着的幸福，深深地感染了。

记得用心爱自己

那些跟顾客姐姐们谈心的时刻，我非常享受。我们始于工作关系，却可以放心地交换秘密，大家有着完全不同的社会背景和平行的生活圈子，怀着同样对美好生活的向往，让我们在小小的店铺相遇、相知，彼此慰藉，我在倾听她们人生故事的同时，不仅收获她们的信赖，也慢慢疗愈了自己。

记得何炅老师曾说过："你送出去的每颗糖都去了该去的地方，其实地球是圆的，你做的好事终会回到你身上。"这句话放之四海而皆准。

三年前，我离了婚。记得刚离婚那段日子，真的是痛不欲生，因为承受着经济窘迫和精神孤独的双重压力，每日郁郁寡欢，整个人犹如隔夜的面包，毫无亮色。

我的客户莲姐听说了我的遭遇，专门包了我最爱吃的酸菜馅饺子，穿越了半个深圳送到我店里，打开饭盒的时候，饺子还是热的。她一边把筷子递到我手里，一边唠叨我最近一定是没有好好吃饭，又瘦了那么多。

那一刻，我泪眼蒙眬，只见霓虹闪烁，在她头上身上圈出金光。

起初，莲姐并不是我店里的会员。她能干、肯吃苦，自己一个人在深圳打拼出不菲的身家，只是节俭惯了，又不懂保养。那天是妇女节，她穿着一套卡其色运动装，瘦小而拘谨，想买套护肤品犒赏自己，在百货公司转了一圈，竟没有一个柜员对她有好脸色。她实在不甘心，抱着"视死如归"

的想法，走进了我的店。从此，莲姐就跟着我，成为品牌的超级 VIP。

后来，莲姐告诉我说，她从来没见过柜姐的微笑这样发自内心，做护理又没有半点怠慢，所以她愿意慷慨买单。莲姐那次的消费金额，让我一度成为行业传奇，不知眼红了多少见人下菜碟的同行。

平日里，莲姐也很关照我，不仅在"冲业绩"的时候无条件地支持我，天气转凉时她还会打电话提醒我添衣，出游回来也不忘给我带特产手信。最暖心的是，她知道我胃不好，便经常煲暖胃汤送来与我喝。

我只是她的美容顾问，她却像长辈一样关照我。在她面前，我可以毫不掩饰脆弱，她也欣然接受我对她的情感依赖。

就像这一次，我吃着饺子，她忽然说："委屈你了，孩子。"然后又说："如果上天暂时忘了爱你，你要记得爱自己。"

我放下筷子抬头看她，眼泪就扑簌簌地掉了下来。她坐过来，把我搂在怀里。我吃饱了，哭够了，溃散多日的元神终于归位了。

多么感谢生命中可以有这样的陪伴，它让所有苦难都变得不值一提，在爱面前，你还凭什么不勇敢？

金装律师

北上追梦

我出生在广东一个普通的小城，也是电影中常见的小镇青年。年少时不知道读书的重要性，初中毕业后读了一所职业技术学校。直到现在，都不知道是在哪个神奇的夏日午后，我突发奇想，人生不能止步于此，遂绝地反击。

毕业后，我没有像同窗好友那般，按部就班地结婚生子，而是报考了北京大学的成人高考，父母和亲戚万般阻拦，我一言不发，偷偷带上简单行李，为了心心念念的"名校"梦，只身前往北京成了一名"北漂"。

偌大的北京城我举目无亲，租住在暗无天日的地下室备考，每日用馒头果腹，憧憬考上名校来逆天改命。好在皇天不负有心人，我被录取了，并在三年后拿到了北京大学法学院成人教育本科毕业证书。我站在北京一望无际的枫叶红中，隐隐觉得人生开始慢慢绚烂。

起初，面对别人的嘲笑，我还会据理力争，他们说我的文凭只是北京大学昌平校区的函授证明，含金量不高。后来，我只是一笑置之，只要这张证书能帮我敲开任何一家律师事务所的大门，那么，它就是物尽其用了。

后来，我就是靠着这张证书成了北京精言律师事务所的一名律师，准确地说，是一名律师助理，因为那时我还没有取得律师执业证书。

带我的是一位资深律师，平日大家都喊他David。他第一次带我去见客户，四下无人时，David小声提点我说："做律师必须得会'装'，不然会混得很惨。"那时我还太年轻，压根听不懂他那句话的深意，也不明白这一行的"潜规则"。只是非常纳闷，为什么明明月薪六千元的师兄，要用几个月的工资去买一套阿玛尼西装，而且只有见客户的时候才穿；为什么私底下锱铢必较的师姐，就算用信用卡也要供出一支欧米茄腕表，没事也要做出分秒必争的姿态……

彼时，我心思单纯，整日穿着高街品牌也未觉不妥，一门心思想通过司法考试，成为一名真正的律师。我心无旁骛，想着考完司考，正式执业，一切都会手到擒来，再从五环外的出租房里搬出来……

这一年，我旋转如陀螺，白天工作，晚上备考，没有时间参加任何培训班，没有结交志同道合的朋友，只埋头与各"法"苦战；没有父母在侧的后勤保障，只有复习期间的起早贪黑……学习之苦，不仅在于对知识的理解和消化，而且要忍受孤独和寂寞，漫漫长夜，饥肠辘辘，没有人可以抱怨，也没有人可以听我诉苦……

也许是天道酬勤，也许是实至名归，这号称"天下第一考"的国家司法考试，近年维持在百分之十左右的通过率，竟被我一举拿下。2014 年我终于取得律师资格证，经过一年的实习期，我又取得律师执业证，正式成为一名执业律师。

此刻，我知道精言已经不适合我了。我在等，等一个合适的时机，等一阵风，好送我上青云。

南下淘金

2016 年春天，我终于等到科源律所抛来的橄榄枝。思忖一夜，我毅然决定南下深圳。

去科源第一天，我更加坚定自己的选择。科源是行业翘楚，是亚太地区规模最大的律师事务所，员工上万人，仅合伙人就有 890 人。科源不光在中国有 44 家办公场所，在美国、巴西、英国、意大利等 51 个国家都有联盟律所，业务范围更是涵盖了国际与区际法律事务、金融与资本市场法律事务、房地产与建设工程法律事务、民商事法律事务、知识产权法律事务等诸多领域。

更让我欣赏的是，科源推崇"合伙人"管理模式，而非简单的雇佣模式。在这里不用论资排辈，工作相对自由，这无疑给了年轻律师无限的空间。用小米创始人雷军说过的一句话，站在风口上，猪都能飞起来。

我非常庆幸自己选对了，这个风口就是科源，而我的赛道就是证券金融非诉业务。我坐在窗明几净的办公室，能拥有这样一方天地，不禁有种志得意满的成就感。

可普通人的一生，哪有简简单单一蹴而就的事？很快，我在现实面前败下阵来。因为执业时间不长，又缺乏经验和社会资源，我的案源一直寥寥无几，每个月收入平平，日子过得捉襟见肘。

电影里，律师动辄上百万元的年薪只是演给观众图个乐，但凡背景平平，在入行头几年，哪个不是苦苦煎熬。这样的我，自然成了超级律所中的一个小透明，毫无存在感。直到一个偶然的机会，成了改变我一生命运的转折点。

那是一个平常的午后，律所的明星律师 Ellison 本来要带一名刚执业不久的同事外出拜访客户，临出发时却改了主意，突然让我跟着去。

回来的路上，我小心翼翼地说出自己的疑惑。Ellison 蹙了蹙眉，意味深长地说："王律那西装皱皱巴巴的，一看就好几天没洗了。带他出去见人，岂不是给我丢面儿吗？做我们这行的，着装、谈吐非常重要，见当事人就得靠一个'装'字。小顾，你要记住，没有人愿意透过你邋遢的外表去了解你的内涵……"我若有所思地点了点头，庆幸自己昨天护理了头发，今天又穿上了靓衫。

那一瞬间，我突然明白了多年前 David 曾对我说过的话，当时置若罔闻，今日再听，才知那是肺腑之言。渺渺人间，芸芸众生，有的行当装穷卖傻，有的行当附庸风雅，而律师这一行，必须装富、炫富、炫人脉资源、炫才华……放眼望去，上自金字塔顶尖，下至温饱不济，无一例外，否则，无法存活。

金装律师

我陷入沉思，老家的小县城是回不去了，要想在深圳这座大都市混出个名堂，就必须学会自我包装，妆容服饰是标配，朋友圈和微博也要妥善经营，如果你看起来像一个成功的律师，那么你就是一个成功的律师。

想到这里，我咬紧牙关，用所剩无几的积蓄购买了

Burberry 衬衫和香奈儿高跟鞋。听闻一位行业大咖说过，律师必须给客户留下守时的印象，我又狠狠心用信用卡刷了一块价值 18800 元的卡地亚手表……站在镜子前，一个精英律师的形象映入眼帘，我惊呼，这才是世人心目中的成功人士啊。

经此一番，得体的着装、专业的谈吐，确实为我塑造了一个良好而专业的形象。时不时地自拍和日常工作照、生活照分享，更是让我把朋友圈经营得风生水起。渐渐地，我在圈内小有名气，案源越来越多，咨询费也水涨船高，涨至 3600 元一小时。

你问我是如何做到的，其实只要稍微了解人性，足矣。国外有句谚语：The expensive ones are always good, with value defined in market. 套用过来，这个律师市场价很贵，所以他业务水平高。人们总是相信，贵的总是好的，自有其市场价值。

很多同行对我嗤之以鼻，说我出卖色相，太会秀。可这年头，谁的朋友圈没几个凡尔赛文学？时不时发两个名牌包、隔三差五 po 张美颜照、晒晒自家娃弹钢琴。自恋的心，谁没有呢？人类本来就是一种自恋的生物呀，渴望被看见、被理解、被认同，这不正是社交软件存在的意义和价值吗？

我目前单身，没有男朋友可以秀恩爱，但我可以秀追求者和自己的择偶观。我在微博晒出的精英律师形象正是由一个个具体的 LOGO 组成的：Burberry 衬衫、香奈儿高跟鞋、卡地亚手表、Lamy 限量小黄人钢笔……

你可以说这一切都是假的，但是又不得不承认这一切都是真的。

毫无疑问，是社交平台助我一臂之力，完成职业形象的美化和个人专业形象的塑造。如今，我在深圳已经有了自己的住房，每接一个案子，提成都十分可观。

今天，来家里装空调的师傅问我从事什么职业，如此年轻便如此阔绰，我答：律师。他便想加我的微信，遇事方便咨询。我笑笑，婉言拒绝。

我早已不是那个初出茅庐的小女孩，时至今日，我一小时的咨询费足够他装上百台空调。我奋斗了 20 年，可不是为了随便与哪个某某某免费闲聊。现在，接待客户时最紧要的一句话便是：长话短说，我的时间很贵！

我在深圳当网红

未来可期

我出生在沿海小城汕尾。从小到大，身边有很多人夸我长得好看。被夸得多了，我也会偷偷照镜子，嗯，小小面庞，肤白胜雪，是中国人喜欢的那种美，所以自小学开始，我就收到了很多情书；学校的歌唱比赛，我从来都是站在最显眼的位置……但彼时的我并没有认真思考过，美貌到底能给一个女孩子的人生带来什么。

刚来深圳的时候，我的心思很单纯，只想找一份安稳的工作，让家人放心。抱着这样的想法，我找到了一份公司前台的工作，一做就是三年。

我的工作内容简单且单调，每天就是接待访客，做来访登记。在这期间，我认识了大头，他是老板的朋友，给人一种不务正业的感觉，每次来都会找我闲聊，说我待在这小小的写字间里简直是暴殄天物。

我对他的话嗤之以鼻。从小父母教育我，人生要求稳，少折腾。我本以为，自己的生活就这样按部就班地走下去，没想到奶奶突然中风去世，这也成了我人生的转折点。我与奶奶的感情极好，想着一定要赶回去送她老人家一程，可公司要筹办年会，人事经理硬是不批我的假。平日里，我就是一个小透明，无人问津，今日我怎么就变得如此重要了？我越想越气，直接提交了辞呈。

回到汕尾的那几日，看着小镇上人们悠闲的生活，心里十分羡慕，想着自己回深圳以后，再也不要做那种日复一日的工作了。可是到底做什么，我心里也没谱，投了很多简历都石沉大海了。无聊的时候翻看抖音，看到博主们自在悠闲的生活状态，心里羡慕不已。

有的时候，人要相信，上帝关上一扇门，同时也会为你打开一扇窗。就在我一筹莫展的时候，大头打来了电话。原来他得知我离职的消息后欣喜万分，邀请我加入他新创办的MCN机构，负责抖音短视频的内容运营。这真是踏破铁鞋无觅处，得来全不费工夫。这份工作不正合我意吗，我听后立刻答应下来。

入职后拍摄的第一条短视频其实是在说我自己。公司把我辞职的故事拍成短视频放在网上，很快引发很多人的共鸣，点赞无数。其实那条视频，用大头的话来说，只是试水之作，没想到一举成名。大头当着众人的面说："看，我的眼光不错吧，Sindy 未来可期！"大头的话让我心花怒放，那夜我兴奋得彻夜未眠。

有苦难言

从此，我成了大头公司签约的一名网红。在旁人眼里，我一直以一副乖巧的邻家女孩形象示人，可在短视频里，我却要扮演一个搞怪小魔女。我心里虽有一百个不愿意，可领人薪水，只能听命于人，这一点跟写字楼里的打工人没有两样。可路是自己选的，再无奈，也得硬着头皮走下去。

从前，我每日做表格、接电话；现在，不仅要扮演角色，还要旁若无人地在镜头面前表演，这让害羞腼腆的我颇为尴尬。刚开始，我只要接到通告，提前几天就开始焦虑，因为我面对镜头实在放不开，不是说话结巴，就是表情僵硬，被编导 CUT 了无数次，耽误了整个团队的进度不说，同事们对我也颇有微词。

好在现在的网友都很包容，他们给了如我一样青涩又很真实的博主很多支持。入行短短两个月，我的第 7 条视频便收获了 17.1 万的点赞量，也直接给我带来了 20 多万的粉丝。

这突如其来的流量，连我自己也感到意外。

电视剧《继承者们》的男主角曾说过"欲戴王冠，必承其重"，当时印象就特别深刻，时至今日，我更加理解其中的深意。随着短视频的曝光量与日俱增，我的压力也排山倒海而来。

因为要上镜，我坚持一周不吃饭，结果患上了厌食症，室友媛媛见我骨瘦如柴，头发大把大把掉落十分心疼。我心里积攒着无数委屈，想找人倾诉自己的艰辛与不易。我向媛媛诉苦，为了拍一个泳衣广告，在寒冷冬日里无数次跳入冰冷的泳池，即使那天我犯了鼻炎，身体状态不佳。即便如此，我所得的报酬不过是普通白领一天的薪资。作为我的同乡发小兼闺蜜，媛媛对我的遭遇深表同情，但当得知我每天的工作内容是探店、参加品牌线下活动、与明星见面、拍好看的照片后，她一改常态，不再对我嘘寒问暖，而是觉得我赚钱好容易，好轻松。

我在初夏时节搬来和媛媛合租。我的卧室很小，只放得下一张单人床和一个衣柜。阳台的窗户没有防护栏，但我还是喜欢打开窗透透气。入夏时，窗外的凤凰花一树一树开得热烈，到了金秋，栾花似锦，肆意且烂漫。

和大多数同行一样，我白天睡觉，晚上工作，收入极其不稳定。我现在已经坐拥 30 万粉丝，得到了很多关注，但随之而来的是不可想象的压力，尤其是舆论的压力。

当你站在舞台中央，聚光灯照在身上，难免会招来黑暗中那些不怀好意者的嫉妒与诽谤。很多时候，我看着一条条恶意的评论，真的想辞职不干了。我躺在被窝里，回想着那些刻薄的言语，哭得稀里哗啦，有人说我丑，有人说我装，还有人说我是绿茶婊……一开始，我气愤地怼回去，后来渐渐意识到这不过是徒劳无功，在光怪陆离的世界，总是会存在各种各样的声音，与其去争辩，不如努力做好自己。

烟消云散

我没有办法阻止他们发声，唯一能做的，就是调整自己的心态。休息的时候，我去了侨城东，在汕头街走了很远的一段路。在青山茶馆前小坐，默读它的标语：我见青山多妩媚，料青山见我应如是。路边的绣球花开得正盛，粉红、蓝紫色的花团，细密的花瓣和微蕊，闪耀春天一般的动人波光。簕杜鹃似乎一年四季都在盛开，说不上很美，但也为城市增添了几分颜色，多么像渺小而倔强的自己啊。

沿途，我看到人们的脸上浮现着各种各样的神情：尴尬的、犹疑的、自在的、娇嗔的，有的人是一张平静而忧伤的脸，有的人则是一副冷漠而哀恸的面孔。人们的步伐或欢快，或沉重。

我看到有人在一个人面前表现得盛气凌人，却在另一个人面前显露出自卑与怯懦。我发现情绪是瞬间的东西，却不想尊严亦如此。没有人可以永远骄傲，也没有人会一直懦弱。豁然开朗后，我决定去吃好吃的食物，看好看的展览，尽量让自己开心起来。

慢慢地，我学会了屏蔽掉负能量，人也变得舒展自信起来，可以坦然接受四季的冷暖。

有的粉丝每天都会发来私信，说要约我吃饭看电影，我一笑置之，不予回应；有的粉丝时常发信息骚扰，最严重的时候，我出门便会有人尾随；还有的粉丝会偷拍我，把我的糗照发到网上供人消遣。

我想，失去部分隐私与自我空间算是成名的代价吧，但更让人沮丧的是，我越来越体会到，这份工作并没有那么有趣和轻松。我的同事小橙子因为粉丝量暴跌，急得如热锅上的蚂蚁，半个多月无法正常入眠，被医生诊断为重度抑郁症，不得不接受强制治疗。这边小橙子刚办好休假手续，那边公司就签了新的网红接替她。乱哄哄你方唱罢我登场，一切如泡沫，似幻影。为了吸引并牢牢留住粉丝，我不得不更加努力。

深圳炎热的季节特别漫长，我们通常要在三十多摄氏度的高温天气，扛着沉重的摄影器材，把同一个镜头拍十几遍甚至二十几遍，常常从早上八点一直拍到次日凌晨两点，还要一直保持良好的状态，而最后剪出来的成片，时长不足一分钟。

时间久了，起初对我有误解的媛媛，现在已经完全不羡慕我的工作，因为我经常在她熟睡的时候才下班。没有拍摄任务时，我也要正常上班，朝九晚六，和编导一起讨论视频内容、读剧本、背台词、外出踩点。

如果要说有什么不一样的话，我觉得是这份工作给我带来了更多的期待。如果要说有什么遗憾的话，我觉得是后悔自己书读得太少，知识储备不足，而这份工作需要持续输出内容。圣诞节前一天，公司安排我去深业上城拍街景。拍摄过程中，我将"棘手"说成了"辣手"，引得围观群众哄堂大笑。有人叫嚣："人丑就要多读书，绣花枕头还想出风头。"那一刻，我站在人来人往的十字路口，像被扒光了衣服暴露在大庭广众之下，羞愧得只想钻进地缝，消失得无影无踪。

一直以来，我都不敢告诉家里人自己做了抖音博主。直到今年除夕，表妹刷短视频时无意中刷到了我的视频，一切才被"曝光"。

　　家里长辈的第一反应是劝我找份正经工作，在很多人眼里，网上拥有再多粉丝，都像是喷出去的香水，没走几步，味道就散了。但不管怎么样，我还是想坚持下去，想看看自己未来还有多少可能。

小镇名媛的美丽与哀愁

小镇名媛

我叫钟沁沁，今年22岁，刚大学毕业，在深圳华强北一家创业公司做内容编辑。

上大学以前，我的人生是在湖北省东部一个叫花湖的小镇度过的。花湖被誉为"鱼米之乡"，盛产粉嫩白净的莲藕和清脆可口的菱角，那甘甜的滋味，是我儿时最美好的记忆。

我的父母都是乡镇干部，在那一方小小的天地里，我也算是个不折不扣的小镇"名媛"。大学毕业前，我曾在镇上的一家民营企业实习一个月，每天按时上下班。两点一线的生活，除了下班回到家就能吃上妈妈准备好的可口饭菜外，再无乐趣。

我每日的工作内容更是乏善可陈，不过是一些重复劳动，诸如录入数据、收发资料、复印文件之类。而小镇上的人们，安然享受这样毫无波澜的生活，且个个乐在其中。在很多个百无聊赖的黄昏，妈妈一边在厨房忙碌，一边装作若无其事的样子告诉我，镇政府今年又招了几个小伙子，大家都是年轻人，可以约着一起出去看看电影、爬爬山。

每回我都装作心不在焉的样子，心里却五味杂陈。我怎会不明白妈妈的良苦用心呢，她不过是心疼女儿，想把女儿留在身边，有个好归宿罢了。

可我又如何甘心将美好年华悉数虚度在这小小乡镇呢，我渴望去大都市一展身手，身着亮丽服饰与优秀的同事一同在高档写字楼里并肩作战；我憧憬为工作奔忙于国内国外，做个干练的"空中飞人"……这可怕的雄心壮志，频频出现在每一个午夜梦回的时刻，犹如平地一声惊雷，惊扰得人无法安宁。

就在我蠢蠢欲动的时候，有人比我先行一步。她是我儿时的玩伴素珍，小时候我经常跟着她一起泛舟游湖摘莲蓬，去山上采果子。她胆子特别大，几次从桑葚树上掉下来也不知收敛，一如既往地咧着嘴大笑。

素珍师范毕业后，做了镇上中心小学的语文教师，但安稳的生活并没有磨灭她的"野性子"。她下定决心，办了停薪留职，信誓旦旦地要去深圳闯一闯。临行前，她拉着我的手反复叮嘱："沁沁，等我混好了，你就来深圳找我！"我点点头，像儿时一样跟在她身后，目送她消失在南来北往的人群中，想象着高速列车即将载着她驶向远方……

那夜，我思绪纷飞，想起大学毕业之际，大家围坐在辅导员身旁，回顾往昔，畅想未来。其间，辅导员悄悄放出一组幻灯片，那是四年前我们刚入校门时写下的自我介绍，其中有一项是四年之后你想做什么。时间太久远，记忆有点模糊了，依稀记得有人写的是公务员，有人写的是科学家，而我写的是时尚集团运营总监。

想想那时候的自己，刚刚从小镇走出去，连地铁都没坐过，又哪里知道时尚集团运营总监为何物，只是觉得很酷罢了。如今回头看当年，感慨年少轻狂，真是初生牛犊不怕虎呀。

小镇入夜后一片静谧，我听到隔壁邻居家正在看热播剧《三十而已》，隐约猜到是王漫妮在上海退了房，混不下去回到家乡的情节。站在黑暗中的我，突然感同身受了王漫妮再难融入家乡的窘境，也体会到了那种辛酸与不甘。

我望着窗外的月夜，树影婆娑，又是一夜无眠。

去意已决

隔天，妈妈带我去拜访镇上最有声望的杨校长，她曾是妈妈的老领导，也是我的高中语文老师。杨校长得知我想去深圳发展，非常赞同，她说："这是好事啊，年轻人就要去大城市见见世面！"我心花怒放，能够得到杨校长的支持，无疑是给我注入了一剂强心针。

妈妈无言，抑或是默许，悄悄帮我收拾行李。可生活就像电视剧一样，一波未平一波又起。我这边已经订好下周的车票，准备去深圳投奔素珍，没承想她去了深圳还不到一周就仓促而归。

用素珍的话说："深圳就像个机器怪兽，人太渺小，饭太贵，难以生存！"

妈妈忧心忡忡，欲言又止，旁敲侧击地想要留住我，但彼时的我去意已决。

2020年，我终于离开小镇，来到深圳。第一份工作朝八晚十，月薪五千元。

记得刚到深圳那日，我径直前往提前在网上租好的房子。打开门，放下行李，看到房东留下来的一盆富贵竹，莫名有一种"来了就是深圳人"的感动。妈妈打来电话，问我是否住得惯，我兴奋地告诉她，小区里有华润超市，出门右转就是大名鼎鼎的深南大道，一切好得不能再好。

我花了一个下午的时间，用脚步慢慢丈量这座向往已久的都市，一边看着车水马龙，一边在心里暗暗发誓，我，钟沁沁，总有一天要出人头地。

第二天，我正式开始了梦寐以求的工作——时尚编辑。每日需浏览各大门户网站，看时尚资讯，绞尽脑汁想选题，通常一篇文章写完，窗外已经华灯初上。喜欢穿POLO衫的Boss要求一年365天每天都要推送内容，微信、微博、头条，一个也不能少。除了写文章外，我还要外出跟活动、拍照、写新闻通稿，活动结束的当晚就要把所有资料整理完毕，确保零点准时发送。

短短数日，我就像一根拧紧的发条，根本不知周末为何物。项目多的时候，七八个微信工作群同时活跃，电脑屏幕上满是密密麻麻提示新消息的小红点，害得我差点患上密集恐惧症。

就这样持续了一个月，我深刻地感受到自己无边的倦意：当兴趣变成工作，只剩下枯燥无味。因为恪守内心，想要保证内容质量，我两天只能出一篇文稿，对此，Boss委婉表达不满说："我们做新媒体的，就是要靠流量取胜，文笔再好，如果不吸睛，那也是白瞎。钟沁沁，你得学着多写一些爆文，内容嘛，就从不同的网站摘取，重点是时刻紧跟热点，跟得越快，看的人越多，咱们就越火。"

我心里疑惑重重，面试时 boss 说靠质量、做精品，怎么一转眼就变成了靠流量、跟热点？难道在新媒体时代，流量已经成为唯一的评价标准？洋洋洒洒三千字终究不如一张巧笑倩兮的美女照？

求战者安，求安者亡

在小镇时，我以为来到深圳，做了时尚编辑，就能身穿名牌，漂漂亮亮地出席活动，现实却是我一天 12 个小时灰头土脸地坐在电脑面前，刷明星博主的动态，看抖音网红的日常。

我记得自己第一天上班时兴奋异常，身着优雅套裙，烈焰红唇，再配上 6 厘米的高跟鞋；第二天，只懒懒地搽了防晒霜，画了个淡淡的眉，连唇膏都忘了搽；第三天，为了赶地铁，换上了可以飞奔的老爹鞋，在地铁上随手搽了防晒霜；第四天，我赖了 3 分钟的床，连脸都没来得及洗就去赶地铁了。

我以为自己已经全力以赴了，可每天永远有比我早到的马琳和比我晚走的雅朵，她们在深圳打拼多年，资历比我深，情商比我高，但她们却比我这个职场小白更加勤奋。可是这样的日子，何时才是头？我们每日浸泡在网红的微博、小红书上，满屏尽是些名牌包包、镶钻的高跟鞋、惬意精致的下午茶，可这些，是如我一样的小镇女孩所能拥有的吗？

正当我茫然时，妈妈打来电话说镇上的中心小学开始招考教师，让我回去试试。我躺在床上，不用睁开眼睛，就已将了无生趣的小镇生活一览无余。可眼前也是苟且，真是进退两难！

我和同事马琳讨论过这个话题，她跟我说，求战者安，求安者亡。她是靠这个信念支撑下来的。她还说，趁年轻还是要奋斗一下的，至少现在还不是混日子的时候。

我心愈加茫然。

圣诞夜，同事轰趴。我坐在马琳的小电驴上，路过灯光璀璨的万象城，等红灯的时候看向那边，感觉它离我特别近，又那么远，近到下车就能进商场，远到消费阶层无法突破。门口排队的车辆有序驶入，就像正在穿过斑马线的人群。那一瞬间，让我这个"小镇名媛"心里最后的一丝优越感，随风而逝。

我心微微有凉意，繁华的深圳，有太多的美好，也令人望尘莫及。

可是，难道就此放弃吗？真的要像素珍一样重返小镇吗？可是我的内心终将无处安放，撑着吧！相信总有一天，我也能自信地走进万象城，站在高空露台餐吧，从容地欣赏深圳灯火璀璨的夜景。

平安大厦 20 层的聂小倩

美女的世界

聂小倩第一天上班，惊艳了平安大厦整个 20 层。

出了电梯，她从人群中走出来，仅仅几秒钟，便吸引了所有人，看到她的无不侧目，更有甚者，还有人追随其身影。

我不得不感叹，美貌的杀伤力如此强大。作为人事专员，初面聂小倩时，她的简历并不符合应聘要求，也不具备做一名"世界五百强"公司前台的资历，她从未有过类似的工作经验，只做过模特。想必她想转行，也是无奈之举。

可美女的事情哪里轮得上我辈去操心呢。她只是静静地坐在那里，淡淡的板栗棕色卷发散发着迷人的光泽，人事经理路过时，无意中看了她一眼，这份"肥差"便被她收入囊中。

用人事经理的话说，她的职责就是装点门面，负责貌美如花就好了。从这个层面来考量，聂小倩足以胜任。聂小倩入职后，同事们每天最期待的就是看看小倩今天穿了什么连衣裙，搭了什么颜色的口红，一个月下来，我翻看考勤表，好家伙，连一贯"迟到上瘾"的James也破天荒得了个全勤奖。

日子久了，我和小倩慢慢熟悉了起来。她有个习惯，每天下午必点一杯星巴克，明明公司有免费的速溶咖啡，何必破费呢。很多人不解，小倩优越感十足地回了句："我一直都活得很自在的！"

我听后心里哭笑不得，一杯咖啡竟有如此魔力，果然，美女的生活与众不同。翻看小倩的朋友圈，发现她十分乐于分享自己的日常：下班后，挤进拥挤的4号线地铁，回到那个只有30平方米的出租屋，脱掉高跟鞋，提前点的外卖刚好送到……

她小心翼翼地将外卖送来的面条倒进网购的精美餐盘中，撒了点胡椒，放上一片速冻牛肉，再打开她分12期付款的iPhone XS Max，还不忘在照片的一角假装不经意间露出用信用卡支付的小香包LOGO，最后配上一张嘟嘴卖萌的自拍照……整个流程一气呵成，朋友圈文案如是说：就算在租来的房子里，也要活成自己的女王！

如果是你，你会给她点个赞吗？我手一抖，匆匆划过了。我不反对她的生活方式，但人还是要坦然接受自己的真实境况，绞尽脑汁戴上的光鲜亮丽的面具，时间久了怕自己都辨不出真伪。

高光时刻

小倩坐在前台，只要不开口说话，那就是王家卫镜头里的暗夜玫瑰，自带伦勃朗光，凡夫俗子是入不了她的法眼的，可世人却总是趋之若鹜。营销部的 Gavin，设计组的 Bruce，采购组的 Hyman，无不是暗戳戳地献殷勤，更有甚者，38 楼的 HR 同行也在微信里向我打听小倩的私生活。当然，我没有那么八卦，从来只做传话筒，其他的，概不负责。

我素来知道小倩的择偶标准，南山区有全款住房，有豪车，现金流上千万元。整个公司除了几个已婚的高层，估计其他人都得靠边站。想来，小倩的笑脸也只是给他们的。我们一起出去吃饭的时候，她只是玩手机，几乎从来不买单，一到买单的时候，不是去卫生间，就是间歇性装傻、耳聋，后来我们也很少叫她出去了。

写字楼里，每个格子间，每个人表情模糊，像一团暧昧的灰色，了无生趣。唯有小倩，明艳动人，让人赏心悦目。短短数月，她又添置了很多名贵行头，公司保洁阿姨羡慕地问："姑娘，你还用上班吗？怕是个富二代吧？"小倩每回都娇嗲地笑笑不语。

有次下班，我在公司楼下远远看到小倩，身着鹅黄色连衣裙，婀娜多姿地钻进了一辆豪华越野车。想来，挤公交、赶地铁只是小倩的来时路，这辆黑色豪车才是她的归宿。我在拥挤的公交车上，看到小倩又发布了朋友圈，原来她一周前参加"富豪联谊会"，认识了新男友，是个金融新贵，住在深圳湾，完美符合小倩的择偶标准，她终于得偿所愿。

我并不嫉妒，只觉人生何其有幸，能与如此闪耀又幸运的女子共事一司。世人眼里，美丽的女子当与有实力的男子相匹配，那叫"郎财女貌"。小倩登上人生巅峰之际，也不忘吃瓜群众，与男朋友交往的细节悉数贡献给茶水间以作谈资：昨日去了某个法国西餐厅，一瓶酒就要一个月工资啦；圣诞夜，又收到男友送的名牌包包；站在男友的大 house 里，连阳台吹来的风都带着迷人的花香……

更让我受宠若惊的是，我 28 岁生日那天，只在 KTV 办了个 party。邀请的都是一些同事兼好友，没想到小倩居然大驾光临，打扮得出乎意料的漂亮，身着紫红色的丝绒裙子，袖子上嵌着缎子做的花朵，一双同色麂皮鞋，再配上大钻石耳环，一出场便惊艳了四座。

小倩只稍坐了几分钟，寒暄几句，就起身告辞，临走时，随手从包里拿出一份礼物送给我。我打开一看，惊呼一声："哇，是一千零一夜香水！"小倩微微一笑，扬长而去，众人望其丽影，感慨万千。

标好的价格

年末，公司领导层出席商务活动时，偶尔会叫上小倩。如今的她，举手投足之间，尽显温婉大气，估计升职加薪也指日可待了。情场得意，职场也顺风顺水，妥妥的人生赢家。

元旦期间，我回老家参加堂姐的婚礼，为表重视，特意喷了小倩送的香水，却被表姐告知，气味与她在香港购买的截然不同，我心里真是五味杂陈。回深圳的时候，路过机场专柜，专门去对比了一番，没想到小倩送给我的竟然是一瓶假的"一千零一夜"，真是让我百思不得其解。

翌日，在公司碰到小倩，我实在不好意思当面质问，却发现她脸色苍白，人也无精打采。经过她的工位时，不经意间看到名牌包包里半露出来的妇儿医院病历单，上面赫然写着"人工流产术"。我心里又惊又怕,这种手术对于女性而言,百害而无一利,可我也不便多言,亦不知她那位金融新贵现在何方。

之后,小倩接连告假几日,她不在的日子,仿佛整个公司都黯然失色了。某天,我在一个深夜接到了小倩的电话,她的语气极其疲惫。她说她被房东赶出来了,现在无家可归,问我能否收留她几日。在这寒冷的冬日,想着楚楚动人的她流落街头,我怎能见死不救。

小倩只在我处逗留了三日便搬走了。来的时候只有一个手提包,琳琅满目的化妆品倒是齐全。安顿下来后,小倩做的第一件事就是卸妆、洗脸、敷面膜,她喋喋不休地说:"一开始,我还以为自己钓到了金龟婿,为了放长线钓大鱼,我自掏腰包请他去高档餐厅喝名酒、吃大餐,搞得现在连花呗都还不上。他要真是个金融新贵,我这些投资也值得。谁知道,他就是个房地产中介,帮移民国外的业主照看房子、打理车子,他给我买的包包、香水都是 A 货,还害得我流产,真是赔了夫人又折兵,你说气不气人……"

听罢,我惊讶得下巴都要掉下来了,几次想张口,可到最后只剩下沉默,脑海中突然浮现出茨威格在《断头王后》中写过的一句话:"她那时候还太年轻,不知道所有命运赠送的礼物，早已在暗中标好了价格。"

小倩从我家搬走的那天，我离开了公司，不知道她将来又会留宿何处。不过，常听人说，美丽的女子永远没有困境，平安大厦 20 层的前台又怎会是她人生的终点。

生活还在继续，我被猎头相中，跳槽到了一家薪水丰厚的公司。公司提供宿舍，且就在市中心，往后的日子，每日都可以睡到自然醒，如此，便觉生活十分美好。

薇薇安的外贸生涯

何以深圳

我叫林意安，是从镇上的一所普通高中考入大学的。上大学是我人生前 18 年出过最远的远门。

上大学以前，我说一口地道的方言，去大学报到的第一天，便被迎新学姐一口字正腔圆的普通话给震撼到了。从此，一颗自卑的种子悄然埋在心里。

大学四年时光里，这颗种子在我心里越长越深，它时常让我患得患失，又敏感多疑。我所学专业是日语，但害怕自己有口音，很少开口说话，我害怕参加集体活动，蜷缩在自己筑起的小小天地里，观望着别人五彩缤纷的校园生活，形单影只又顾影自怜。

唯一值得称道的是，当时的我读了很多"闲书"，图书馆里收藏的文学著作时常让我挑灯夜读，也让我在孤独的世界里发挥天马行空的想象。许多年后，那些读过的"闲书"

让我在与客户沟通时显得谈吐不凡，或许这就是古人所说的"失之东隅，收之桑榆"。

2012 年，大学生涯即将结束。彼时，我的男朋友已通过一家深圳企业的面试，为了追逐爱情，我也开始向深圳的公司投递简历。不久后，我的简历被一家台资企业相中，提供的职位是储备干部，薪资待定。

春节刚过，我就去镇上买了汽车票，第二天便穿着厚厚的羽绒服踏上了深漂这条漫漫长路。时至今日，我早已记不清从火车站出来，倒了几次公交车才找到公司，倒是记得当时迎面走来的路人都穿着短袖衫……啊，原来深圳的炎热是从 2 月份就开始了！

一进公司大门，一楼前台的美女姐姐就说："你是从外省过来实习的吧？"我傻傻点头，交了简历，随后被领到会议室等待面试。

面试官是一位业务部经理，台湾人，要求全程用日语交谈。

面试结束后，业务部经理盛气凌人地说："你语法混乱、词汇匮乏，业务部不需要这样的'人才'！"然后她兀自走了，留我一人呆若木鸡。等了十来分钟，她又拿着简历回来了，并说："工程部的日本经理需要一个翻译，就你了。"

我心里冒出一万个问号，难道贵司的工程部就需要我这样的"人才"？这一刻，我十分庆幸自己从来没有打破砂锅问到底的习惯。

第二天，我便正式入职，成了工程部经理的翻译。

我的日常工作包括对接经理的工作会议、邮件以及现场翻译，陪他开会，见董事长，下生产线跟进生产进度，降低次品率，等等。工作期间，我基本上是 24 小时待命，有时候累到人靠在墙上都能睡着。

咸鱼翻身

一晃三个月过去，经理对我的工作表现相当满意，除了第一次参加高层会议时，因为误把董事长翻译成了"隣の男子"（邻家男孩）被骂了个狗血淋头之外，再无其他纰漏。时至今日，我都不可否认，这份高强度的工作，可谓是我职业生涯的奠基石，让我受益终生，日语水平也在那时得到了质的提升。回校进行毕业论文答辩时，老师开玩笑说："小安，你的日语提升很大，是不是在深圳三个月说的日语比在学校四年说得都多啊。"

从前，人人都叫我小安，现在，我要为自己取一个英文名字——薇薇安。我天真地以为，自己换了个英文名就可以重获新生，然而，当我满腔激情从学校回到公司时，一切都变了。工程部经理埋怨我请假太久，耽误了他的工作，他说他需要一个步调一致的翻译，话里话外都透露着对我的不满意。

事已至此，我没有深想他的话究竟是鞭策还是驱逐令，铁了心提交了辞职报告。心想此处不留爷，自有留爷处，我的日语水平已经今非昔比，难道还找不到好工作？！

然而，离职的时候有多潇洒，求职的时候就有多艰难。

我在网上海投简历，却连个回音都没有；去对日贸易公司面试业务员职位，被嫌弃没有进出口工作经验；去日资企业面试采购员或行政职位，被质疑没有定力、缺乏耐心……

磕磕碰碰两个月，在不断的面试和等待中消磨自信和激情，始终没有一家公司向我抛来橄榄枝，可口袋里的积蓄眼看就要花光。被派往北京总部培训的男朋友安慰我说，就算找不到工作，他也会养我。听到这句话时，我起初稍稍欣慰了一番，但转念一想，我和他同样的学历，为什么要让他养着呢？

我痛定思痛，决定把求职范围扩大到外贸。让人诧异的是，我应聘的外贸工作百发百中。男朋友说我跟外贸是命中注定，那就从了吧。

于是我从中挑选了一家做宠物用品的外贸公司。之所以选择这家公司，原因有三：其一，我从小就喜欢猫猫狗狗，觉得从事这个行业很有爱；其二，相较于传统的外贸行业，宠物行业竞争压力小，容易生存；其三，这家公司规模小，团队氛围好。

事实证明，我的选择非常正确。入职以后，我发现宠物行业确实小众，几乎每个朋友都认为我是在卖猫粮、狗粮。公司的产品也确实有爱，因为每一款产品的目的都是让宠物过上衣食无忧、自在舒适的生活。行业竞争呢，在2015年之前几乎是不存在的。公司氛围跟之前的台资企业更是有着天壤之别。

掐指算来，公司就七个人，老板和老板娘、两个外贸业务员、两个内贸业务员和一个仓库管理员。有人过生日，我们吃饭庆祝；签下大单，我们轰趴唱K；上班的时候，一言不合就买买买；下班时间一到就立马收拾东西各回各家……用老板的话说，我们就是几条臭味相投的咸鱼，互不嫌弃，抱团取暖。

当然，咸鱼也有翻身的时候，尤其是在日新月异的深圳。

2013年，深圳市的中小型外贸公司开展了高密度的商会活动，我们老板也在此时加入了商会，开始拉着我们到处参加活动。

做外贸并不是守株待兔，里面的学问不可谓不深：不仅有产品知识、沟通技巧，还有销售绩效，更有大单背后的丰厚提成……于是，老板参考同行的机制，开始真正运营公司，我和同事们也开始探索成交订单的方法。

此时，人人叫我薇薇安。薇薇安的优势是什么呢？日语还算不错，而且我会写、也会讲故事。

对自己有了清晰的认知后，我认真分析每个询盘客户的需求，定位客户类型，然后尝试与他们进行视频沟通，讲产品的故事、公司的故事、我的故事以及世界的故事，让他们尽可能感觉到，在冰冷的屏幕后面，与他们对话的是一个活生生的人，一个有故事的人。

波澜不惊

有时候，我不得不承认，一个人的成长与进步，除了自身的努力外，更离不开赛道的选择，以及时代红利的加持。2015年，公司经过四年的产品开发和客户积累，在电商迅猛发展的作用下，规模日益扩大，我也同公司一起迅速成长，成了销售精英。

彼时，我不仅在公司新品还在调试阶段，就独自签下两家独家代理，还被老板一次次推出去分享自己的心路历程。
2016 年元旦，老板正式向我提出入股公司的邀请。他说：
"薇薇安，你手握这么多优质客户，如果入股公司，销售提
成加上股东分红，未来可期啊。"

我暗自思忖，彼时的深圳房价仍不在我的负担范围内，
身边很多朋友开始逃离深圳，选择回老家或者去别的城市发
展。对于老板的提议，我犹豫再三。就在这时，新品量产
了，独家代理首批订单的提成到手，不得不说我收入颇丰。
经济上的短暂自由开始让我关注自己的健康，这些年拼命工
作，我的身体早已发出警报，是时候放缓脚步了。一番深思
熟虑后，我把手上的客户资料一五一十全交接给了公司，在
不舍和感恩中办理了离职。

离职后，我给自己彻底放了个假，四处走走看看，尽情
地享受生活。休息了两个月后，我开始设想，有没有可能找
到一份不用坐班且不限制办公地点的工作呢？真正地实现工
作生活两不误。

我再次更新了简历，之后收到了很多面试邀约，但并没
有一份符合我的预期，直到我收到了一家海外超市采购助理
职位的面试通知。它完全满足了我的 SOHO 梦想：在家上
班，偶尔出差，没有绩效考核，还能倒腾自己的副业。

一个阳光明媚的午后，我在海岸城的星巴克进行了一面。然后在 Skype 上与大 Boss 进行了二面。临了，还做了职业性格测试。最后，我接到通知，可以正式在家上班了。

时间如白驹过隙，我的外贸生涯开始步入全新的阶段。

这期间，我跟着 Boss 暴走，看展会、选产品；也在客户的会议室，一本正经地讨论晚餐是吃牛排，还是吃意面；更多的时候，我独自一人坐在电脑前，通过邮件沟通业务、安排工作，旁边的 iPad 里播放着周杰伦的歌，抑或是某部热播电视剧。

多年的勤奋积累，聚沙成塔，终于换来我今日工作中的游刃有余。当然，偶尔无伤大雅的小失误也会被 boss 戏谑说："It's hard to have good staff." 但更多的时候他会说："Vivian, thanks for your good working, please always stick with me."

如今，Boss 的批评或赞美对我而言只是一句话而已，我早已波澜不惊。

售楼小姐的一天

号角已吹响

早上七点，我睁开双眼，战斗的号角便已吹响。

我租住在深圳宝安区中心路上的一栋公寓，楼下就有公交站，距离最近的地铁站步行不到五分钟。这栋公寓被评为"平安幸福出租小屋"，外墙设计很温馨，且以年轻人居住为主。每天我出门的时候，不少时髦的白领早已飞奔上路，我想，这大概就是所谓的深圳速度吧！

旁边就是著名的棕榈堡花园，据中介信息，目前该小区的二手房单价超过 10 万元 / 平方米，两室的租金达到每月7000 元，小区周边的配套设施十分成熟，美食街、商场一应俱全。怪不得同事翠芝当初一个劲地推荐我租住到这附近来，不仅离上班的地方近，通勤方便，而且生活非常便利。

早晨的售楼部空荡荡的。记忆里，从我来壹方城上班的第一天开始，就没有人比我来得更早。我打开随手买来的面包，坐在工作台前，花十分钟解决了早餐，再去洗手间补妆，然后对着镜子里的自己做了一个加油的动作，并打气说："李丽，你最棒！"

之后，我整理好今天需要的资料，又刷了一会儿手机。很快，同事们陆续到齐。翠芝满面春风地走过来，打招呼说："Lily，今天气色不错，是不是要开大单了？"我忙笑着回应，希望图个好彩头。

今天，轮到我做早会的值日生。为了活跃开场气氛，我放了一首《奔跑不只为第一》，激情的音乐让人热血沸腾，我们的销售口号喊起来颇为震撼，人人都似打了鸡血一般，我向大家介绍当天的工作重点，如整理 call 客名单，梳理给客户介绍信息时的具体话术，分享如何处理工作中遇到的困难等，最后翠芝补充了几句，重申了团队纪律：任何迟到、早退及旷工情况都要记缺勤，没有完成当月销售任务的，底薪减半……

壹方城开盘以来，销路慢慢呈现颓势，面对房地产市场日益严峻的形势，人人自危。

早会结束，我马上开启 call 客模式，通常一天需要打 100 多通电话，但真正有意向的客户却寥寥无几。这样的定期联络是为了与客户保持沟通，但常常遭到无情的拒绝。或许是对方已经不记得你是谁，或许是他已经买好了房子。不管什么原因，总之他此时不想谈买房的事。最常见的情况是，我这头正介绍得激情洋溢，电话那头已经传来挂断后的忙音。无数次的尴尬、失落和气愤后，我和所有同事一样，淡定从容地拨打下一个客户的电话。

业内一直流传的"客户虐我千百遍，我待客户如初恋"，是打趣，也是自我鼓励。因为坚持不懈地努力、勤奋刻苦的态度是金牌销售成功的秘诀。

刚入行的时候，因为话说得太多，嗓子经常疼得难以忍受，即使金嗓子喉宝常伴左右也无济于事。很多人觉得售楼小姐衣着光鲜，每卖出去一套房子，就有一笔可观的佣金收入囊中，但他们看不到我们为了卖一套房，经常一天都顾不上喝口水，碰上房产交易旺季，连上厕所都要见缝插针。事实上，我们的成单率并没有那么高，有时候你即使付出了百分之百的努力，最后也不一定成交，所有努力都付诸东流。

除了 call 客，我还不时要去处理杂事，这份工作虽然灵活，但也琐碎。我们没有自己独立的办公桌，也没有规律的生活作息。平日大家挤在小小的休息室，不到 10 平方米的空间，放着员工储物柜、两台电脑以及可折叠的小木桌。不接待客户的时候，我便忙着发朋友圈、更新视频号，花更多心思寻找潜在客户。忙忙碌碌中，经常把自己饿得前胸贴后背，趁着等外卖的空当，我朝窗外望去，满眼尽是灰尘满天的工地……

艰巨的任务

经过一上午的努力，我终于约到了一对夫妇下午过来看房。不过，我心里很淡定，不管成交与否，都当作每日的必修课。接待客户将近一年的时间里，我也算是见识了大千世界的形形色色。

遇到过"千年作妖"客，不仅挑剔房子，还嫌弃活动中的模特太丑，抱怨抽奖抽到的家电不是他想要的那一款，甚至故意投诉闹事以期换得一点小优惠。

也遇到过传说中的投资客。一次性付款买下一栋楼或是买下整层商铺，签单速度之快让人瞠目结舌。我只能一边写认购书写到手酸，一边默念有钱人的世界我不懂。

当然，更多的还是普通的刚需客户，他们研究户型、楼栋位置，对价格和优惠很敏感，在意邻居是谁，周边会不会建新的学校……他们认真地规划着未来，期待这里和想象中一样美好。

每次目送客户签完合同离开，我都觉得完成了一项艰巨的任务。客户从此开启了新的人生阶段，看到了未来更具象的样子。我想这就是销售的价值吧——帮助客户选到合适的房子，从而成就一段崭新的生活。无论外界如何评价，房产销售在我心中已经有了不一样的意义。

下午，客户如约而至，我面带微笑恭迎上去，如数家珍般为客户讲解楼盘优势，为客户答疑解惑，比如楼房采光的国家标准、马路噪声对各个楼层的影响、楼盘 CAD 图纸上各个标识的含义、园林单方造价高低的区别，等等。

客户提出想看户型图，我便马上飞奔去前台拿给他。与客户交流时，细心了解客户的购买需求，是自己住还是买给家人，有何喜好，暗暗记下，好心中有数，做到对症下药……如此一番操作，绝非一日之功。

去样板间的路上，我还不忘见缝插针地夸赞一下女客户，说她年轻优雅有气质。讲完样板间的装修亮点，也会主动说一些户型设计方面无关痛痒的小毛病，以此来显示自己真心为客户着想，诚意十足。

五月的深圳已经入夏，暑热炙烧一切，暴烈的太阳像要融化掉城市里所有的树木、房屋和柏油路。看完样板间，客户又要求去工地看工程进度，我只好踩着高跟鞋，顶着高温，陪同到底。末了，回到售楼处，帮客户计价，又互相加了微信，说以后保持联系……整整五个小时，筋疲力尽的我才得空去休息室喘口气。

无限的憧憬

刚坐下喝口水，路过的翠芝眼尖，发现我的黑丝袜已经脱线了，好不尴尬。我赶紧从包里掏出备用的丝袜跑去卫生间换上，数不清这是报废的第几双丝袜了，每日我都会多放两双在通勤包中，以备不时之需。

我从来不敢奢望，能像电视剧《流金岁月》里的朱锁锁一样，有那么多贵人相助，不费吹灰之力就能卖掉数套豪宅，平凡如我，更相信脚踏实地、天道酬勤，用心做着每个房产销售的必修课——画地图，用翠芝的话说，就是用我们的脚步丈量城市。

我永远都无法忘记，在酷热的天气，我和同事撑着太阳伞满大街暴走，走一段就在路边画一段。尤其注意计算小区与学校、医院、商场、超市等重要配套设施的距离、步行时间，确保在和客户介绍的时候尽量准确。晚上下班后，还要去人群集中的广场、公园，和大爷大妈聊一聊，了解他们住在这里的感受，有没有日常的不便，或是住在这里发生的小故事等。

从入行的第一天起，我就发誓一定要做一名专业的销售，我给自己的定义是——美好生活的缔造者！我自诩是一位专业、敬业的房产中介，没想到今日，现实却给了我迎头一击。

快到下班时间，一位父亲带着女儿走进售楼处，环顾一周后直接在沙发落了座。凭直觉，他们应该是附近的住户，可能有换房的需求。于是，我拖着酸痛的双腿，小心端上茶水，询问是否需要看房。这位父亲只顾着看手机，并不回应。小姑娘止不住好奇，开始东摸摸西看看，一不留神弄洒了桌上的水。我还没来得及反应，只听这位父亲说："你太调皮了，调皮捣蛋的小孩子不乖，以后只能和这个阿姨一样卖房子，你愿意哇？"我忘了小姑娘是如何作答，以及他们是何时离开的，只记得自己当时脸红尴尬得不知如何自处。此时正值盛夏，却寒气逼人。

翠芝走过来，拍拍我的肩说："这么两句话就让你玻璃心了？"我猛然惊醒，即将月末，尚未完成的销售任务压身，哪里还有心思去计较这份工作是否体面，是否受人尊敬？哪里还有时间去思考它的价值几许，是否获得成就感？

我只需每天一睁眼，跟着团队的节奏一步一步向前走、努力做就是了。

当售楼小姐的日子，不管前一秒经历了多么辛酸或难过的事情，下一秒都要露出真诚的微笑，热情接待新一轮客户，临别时还不忘重复那句经典结束语："有任何问题可以随时咨询我哦！"日复一日，我早已训练有素，又岂会为了区区小事，庸人自扰。

晚上，我埋头加班整理数据，看着客户登记册上越来越多的名字，好像自己的努力得到了验证，并由此感到心安。我想起卖出第一套房子时的欣喜和激动，一切仿佛还在昨日，不由得哼起愉快的小调。

结束工作，从售楼处走出来时已是凌晨。街道上只有那对烧烤父子还在热火朝天地营业，我和同事坐在路边吃着烧烤，就着星光和晚风一再地碰杯。手机突然收到今日看房夫妇发来的微信消息，说改日还要再来看看，我忍不住惊呼，感叹生活充满了奋斗的激情和无限的可能，好像与理想的距离也不那么遥远了。

今日吃饱喝足之后，再倒床大睡，明天又是战斗般的一天。

爱情遗落在罗湖春风路

各自散天涯

早上一睁眼，手机里几十条待处理的微信消息。逐一回复后，发现没有一个人记得我的生日。

今天，我28岁了，也是我离开北方的第6年。

6年的时间，对于年轻人来说，足以改头换面了。我不禁潸然，翻翻好友列表，发现最初一起来深圳打拼的那些人，早已像被风吹散的蒲公英的冠毛一样，各自散天涯了。

现在，只剩我一个，因为对深圳的执念最深，不听家里劝，一待就是这么多年。

很多人问我，都28岁了，条件也不错，为什么还是一个人？

其实，我在深圳也有过几段恋情，也曾奋不顾身、山盟海誓，甚至已经谈婚论嫁，但最后都无疾而终。

有时候，我相信宿命这种说法。

在我离开北方之前，一直生活在家庭的阴影之下，爸妈整日的争吵声不绝于耳。更甚时，两人大打出手，家里经常满地狼藉，我捂着耳朵偷偷躲在衣柜里，不敢发出半点声响……

日复一日，这硝烟弥漫的场景，让年少的我早早对婚姻生活充满恐惧。慢慢地，我变成了一个彻头彻尾的不婚主义者。

大学一毕业，我逃也似的离开家，想着越远越好，就南下到了深圳。偌大的城市，我孤身一人，想要爱情，却无法给爱情加冕。

春风路 2020 号

2016 年的春天，房东又要涨房租，我正为此犯愁，刚好大学室友要回北京发展，她租住的公寓预付了一整年的租金，因提前解约不能退款，于是她低价转租给我。

公寓在罗湖区春风路 2020 号，是一幢绿荫掩映下的红房子。搬进去的第一天，我就在临街的窗台摆上了最喜欢的史迪奇公仔，希望它能带给我"外星人"一般崭新的生活。

在我眼里，春风路有浓郁的香港风情，24 小时不打烊的私人便利店，总有人在这里兜兜转转。午夜时分，店铺老板会坐在门口摇着蒲扇，看马路上形形色色的人群。

我想，这里再好不过了，以后就算每天加班到凌晨，回家也不用担心害怕，也不怕找不到宵夜慰藉饥肠辘辘的胃。

临街矗立着的高档粤式酒楼，排列有序的鸡煲店，各色小吃和窄巷中的云吞小摊，无一不挑逗着你的味蕾，一副讨人欢心的模样。

我作为一个北方人，对南方的糖水一见倾心。那日闲来无事，在楼下逛了一圈，发现在这条不足三百米长的街道上，竟开着四五家糖水店。或许在这里，才能品尝到地地道道的老广味道。

陈记糖水店

室友发来微信消息，问我住得可还习惯。我回了她几个大大的热吻以表谢意。她知道我爱吃糖水，力荐了一家糖水店——陈记。

我是在一个深夜去陈记的，那段时间刚好赶项目，整个人面带倦色。陈记很好找，就在街尾处，门前有一棵茂盛的银叶树，让不起眼的小店瞬间明媚起来。金黄色的招牌，半明半暗的灯箱，店内还算整洁，只有四五张小桌子，却挤满了有说有笑的年轻人。

我清楚地记得，那天我点了一份红豆糖水、一份芋头西米露和一份杨枝甘露。

临了，还嘱咐老板在红豆糖水里多放红豆，少放糖水，没想到老板竟不耐烦地说："红豆那么贵，爱吃豆子点两份啦……"

我一时怔住，脸颊发烫。

老板是一个穿着松垮条纹衫的中年男子，额头上挂着豆大的汗珠。看得出来，他已经十分疲惫。

我没有呛他，深知每个在这座城市里讨生活的人都不容易，于是站在一旁默默等着老板打包糖水。

这时，在一旁收银的小哥侧过身来，接过打包盒，兀自对那个中年男子说："爸，你先去收账，我来打包。"

那小哥顺势打量了我一番，然后柔声说："靓女，是要多点红豆对吗？"

我回他："如果可以的话，麻烦你了。"

他绕过一些杂物，弯腰从冰箱里装糖水，听到我的话抬起头，嘴角挂起一抹微微的笑意。

我也跟着不好意思地笑了。

后来才意识到，那个笑大概就是爱情开始的信号。

我接过打包袋，瞥见红豆糖水的料给得特别足，满意地给小哥比了一个 ok 的手势。

"一个人怎么吃这么多，小心长胖哦。"

"我有说我是一个人吗……"

温暖的灯光下，小哥的眼睛特别明亮，浓浓的眉毛像两条趴在脸上的毛毛虫，说话时灵活地上下移动，让人看了就想笑。

小哥在围裙上抹了抹手，说："好吧，好吃再来。"

我走远几步，又回头给他比了一个 ok 的手势。

之后，几乎每天下班后，我都会去陈记打包一份红豆糖水，这仿佛成了我生活中不可缺少的一部分。陈记的生意很红火，但每次看到我来，小哥都像是一副等了很久的样子，笑眯眯地给我盛上满满一碗红豆糖水。

有一回出差半月有余，再去陈记时，小哥边盛糖水边试探我："这么久没来了，我还以为你搬走了呢！"

我脱口而出："怎么会？搬走了去哪里吃你的糖水呀！"

说完，我们都没再说话，四目相对时，仿佛有一根情丝在疯长，蔓延在这怀旧街道的每一处角落，然后穿过层层叠叠的佳宁娜广场大楼，绕过山峦一般的新都酒店，悄然停在我们心里。

那天小哥要加我微信时，我故意打趣说："怎么，糖水店还有售后服务啊？"

他笑得更爽朗了，露出洁白的牙齿就像牙膏的广告代言。

"如果满意的话，记得在大众点评上给个好评；非常满意的话，记得常来；特别满意的话，可以考虑做我女朋友……"

他略带广东口音，那腔调听上去十分悦耳，虽然这告白来得十分突然，但我也不至于措手不及。

那种感觉就像，冥冥中知道未来会跟他一起走一段旅程。

甜浓至淡

我搬到春风路的第四个月，卖糖水的小哥成了我的男朋友。

闲暇的时候，两个人在窄巷相约，晚上散步聊天；街角的春风文体公园虽然不大，却是我们健身的好去处；罗湖小学放学后，孩子们迫不及待地跑出校门，三五成群聚在一起开怀大笑，我们也跟着一起傻笑，用小哥的话说："做人最重要的就是开心啦！"

小哥叫阿明，只比我大一岁，全职帮家里打理店铺。

同事曾帮我分析，阿明的条件挺不错，年轻帅气，在深圳有车有房，姐姐又早早嫁人。以阿明的身家、样貌，也算是金龟婿了。

我承认，和阿明在一起的时光非常愉快，我们几乎从不吵架，在很多事情上，两个人心照不宣。

可是，人生总是充满了各种各样的无奈和缺憾。

阿明是那种典型的钟爱人字拖的老深圳人，无论走在哪里都不怯场，带着掩盖不住的自信；而我平日穿着商务套装，出入写字楼，战斗于小小格子间，在外人看来，我们百般不配。

阿明沉迷喝茶泡吧，我爱看科幻小说，更让人沮丧的是我们之间巨大的观念差异：阿明的父亲是地地道道的潮汕人，认为将来儿子娶妻生子，一定要生到儿子为止。对此，阿明是默认的，而我，本来就是不婚主义者，更加没有勇气去与他们整个家族抗衡那根深蒂固的重男轻女思想。

那日，阿明诚意十足，买了闪闪的钻戒在公寓楼下等我。那一刻，我忍着泪水，终于将自己的婚恋观和盘托出，不想耽误了彼此。

你问我，是不是真的爱他。

当然，我很确信自己对他的感觉。他就像一碗温暖甜蜜的糖水，曾经滋润了我的身心，但要让我婚后为了他放弃工作，一心扑在家庭上，安心在家相夫教子，实在是强人所难。

如果让我在爱情和做自己之间选择，我不知道别的姑娘会怎么选，但我会选择后者。

阿明和我的关系就像这碗红豆糖水，一开始温暖甜蜜，随着不断加白水进去，糖分慢慢被稀释，糖水也变得索然无味。我们没有明确表示分手，也没有互道珍重，只是渐渐变成了躺在彼此的通讯录里却永远不会去打扰对方的人。

后来，公寓到期，我搬离了春风路。偶尔路过陈记，远远看见已经有一个年轻女子替代了阿明父亲的位置。我想，如果自己有勇气再次走进去，轻轻说"老板，给我来一碗红豆糖水"，不知，结局又会如何？

算了吧，过去的就让它过去，前方的路还在等着夜行人。就像歌里唱的那样："垂直活着，水平留恋着。"

此刻，28岁的我，走在罗湖春风路上，不疾不徐。夜色袭来，街上的华灯渐次亮起，也许我的下一段爱情就在某个拐角处降临……

命中注定，我就是你的猫女郎

八字不合

我从小喜欢宫崎骏的动画，以及动画里各种各样的猫。一个周末，妈妈又将我"赶出"家门，说女孩子要多出门交朋友，哪怕遇见一只猫也好过家里蹲。

我只好穿着洞洞鞋去公园溜达。刚在长椅上坐下，便看到一只仿佛从《魔女宅急便》动画里走出来的波斯猫躲在花丛里，它全身的毛发油光水亮，杏黄的双眼仿佛镶在黑缎面上的宝石。我们互相盯着对方看了一会儿。没过多久，那只小猫从花丛里走了出来，绕过公园里来来往往的人群，径直扑到了我的怀里，好像一个迷路的小孩终于看到了家人。我抱着小猫等了好久，却没有等来它的主人，只好将它带回了家。

妈妈见我不仅没带回来朋友，还收养了一只猫，气得摔门而去。我把小猫的照片发到朋友圈，人人都夸好看。我给它取了新名字——吉吉，希望它能长久地陪伴我，就像《魔女宅急便》里的吉吉和琪琪一样过着温馨有爱的生活。

我把吉吉的相片镶在相框里，周一一上班，就把相框端端正正摆在办公桌最显眼的位置。每个路过的人，都来看吉吉，连老板都说吉吉的品相挺好，大脑袋，方身体，短粗尾巴，一看就是"男孩子"模样。我忙不迭地点头，心里礼炮齐鸣，心想吉吉啊吉吉，你可要助我升职加薪呀。

从此，我收养了一只波斯猫的事公司里人人皆知，同事们说我走火入魔了，开口闭口都是猫。有一次在电梯里，我正说得眉飞色舞，突然有个人插话说养猫之前要做过敏原检测，明确自己是否对猫毛过敏，不然等发现了还要把猫送走……真是哪壶不开提哪壶，我当下拉长脸，狠狠瞪了他一眼，那人便不再说话。

一日，公司全员加班到深夜，大伙累得眼睛发直。为了活跃气氛，我扮作阿拉蕾，把大家逗得捧腹大笑。突然，一阵敲门声吓得我背脊发凉，定睛一看，来者竟是那日在电梯里遇到的男人。他礼貌地说："我是隔壁律师事务所的律师，明天要开庭，我还有一些卷宗要看，麻烦你们可不可以小点声？谢谢！"

如果换作别人，我定会连忙道歉，但一看是他，就忍不住挑衅道："对不起了，唐先生！"

他诧异道："我不姓唐，小姐……"

我不客气地说："不姓唐还这么啰嗦，小声就小声，干吗要装唐僧！"

一时间，他被我呛得满脸通红，说了声"抱歉"便逃也似的离开了。我心里甚是得意，也算"报仇雪恨"了。和上次一样，他这次又来扫我们的兴，上次我就没给他好脸，这次他又来捣乱，肯定与我八字不合。

可是，有时候，有些事情的发展往往是那么出人意料。

燃眉之急

隔了几日，老板走到我面前介绍道："小万，这位是何律师，咱们公司的维权案件以后都委托他来处理，你负责跟进。"我抬头一看，怎么又是他？真是阴魂不散！但出于礼貌，又碍于老板的面子，我只好礼貌地说："何律师，请多多指教。"握手之际，我忍不住打了一个大大的喷嚏，样子实在太过狼狈。何律师递过来一张纸巾，我装作没看见。

中午吃饭时，我的喷嚏仍旧连绵不绝。同事打趣道："还以为早上你是故意的呢。"我气急道："谁那么无聊？最近鼻子不舒服，看来我真是和那人犯冲。"

俗话说，不是冤家不聚头。自从何律师受理我们公司的维权案件后，我的日子就苦不堪言，光是需要整理的文件就罗列了一长串清单，每日忙得我晕头转向，我严重怀疑他是"公报私仇"。晚上加班时，整个公司都回荡着我的喷嚏声。他又跑来对我啰嗦："你是不是对猫毛过敏，还没去做过敏原检测吗……"我佯装淡定道："不是天天在加班吗，哪有时间！"

回到家，何律师的话让我辗转反侧，吉吉安静乖巧地赖在我身上，那无辜的眼神让人心疼。公司打赢官司的第二天，老板答应给我升职加薪。下班回到家，我刚想把好消息告诉妈妈，却被妈妈拉着去医院做了过敏原检测，原来妈妈早已发现端倪。检测结果出来后，她命令我 24 小时内，必须把吉吉送走。

我心有戚戚然，奈何母命难违，可是把吉吉送给谁呢？同事们只喜欢逗猫，都没工夫养猫。多方求助无果后，我只好在朋友圈发出领养启事。没想到，半刻钟后，就有人自告奋勇解我燃眉之急。

此人竟是何律师。他在微信上私信我："下午五点半，我在大厦门口等你，去你家接猫，可以吗？"偏偏又是他，但他彬彬有礼的留言，让我挑不出任何毛病，只好不冷不热地回复了两个字："谢谢！"

小鹿乱撞

电视剧里，如果一个男人打算追求一个女人，总是想方设法接近她。不知道这何律师是真的爱猫，还是醉翁之意不在酒？整个下午我心里都在犯嘀咕，好不容易熬到下班，还没等我走出公司，何律师就迎了上来，迫不及待地问我："你家猫多大了，吃什么牌子的猫粮，用什么牌子的猫砂？"我见他那么上心，先前的忧虑一扫而空，又不想被同事围观，只好拉着他赶紧离开公司……出了地铁，我和他并肩走在美丽的金田路上，人潮拥挤中，我们越走越近。

三月的傍晚，雨说来就来。我们躲在公交站牌下，有一搭没一搭地聊了一些关于猫的话题。原来何律师曾经养过一只猫，因为生病不治而亡，这让他难过了很久，所以一听到别人聊猫，就格外敏感。何律师说得很诚恳，我不禁重新打量他，戴着金丝边框眼镜的他显得文质彬彬，突然觉得比起那种为了讨好女人，投其所好，假惺惺地把自己包装成"爱心大使"的情种，他要诚实善良得多。

此时正是这座城市的晚高峰时刻，雨停了，天色却依旧阴沉。我们快步朝我家小区走去，这时他的电话突然不合时宜地响了，大概是客户找他谈案子。见他露出左右为难的神情，我立马给他比了一个 ok 的手势，然后一溜烟跑回家。我取出猫包，将吉吉放了进去，又装了一袋猫粮和玩具。然后把它们一股脑背在身上，马不停蹄地往楼下跑，在楼道里撞到妈妈也顾不上解释，生怕何律师等得太久。

小区门前如菜市场般嘈杂，何律师静静地站在那里等我。当我把吉吉交到他手里的时候，心里十分不舍。我嘱咐他一些注意事项，好似在托付终身。说着说着，突然感觉我的脸慢慢红到了耳根，于是匆忙道别，转身跑回了家。我终于明白"小鹿乱撞"到底是一种怎样的心情了。

连着几天，我老是梦见吉吉冲我喵喵叫，不知道它现在过得怎么样。那几天在公司也没有见到何律师，一打听才知道，原来他出差了。我拿起手机，几次想给他微信留言，最终还是把编辑好的文字删除了。没过多久，他倒是先发来了微信消息，说吉吉很好，这几天跟着他去了北京，刚忙完手上的工作，想着给我报个平安，末了又问我还打不打喷嚏。我这才发现，自己已经好几天没有打喷嚏了，哦，还真得感谢他。

满面春风

仿佛隔了一个世纪那么长，我终于在公司等电梯的时候遇到了何律师，他问能不能请我喝杯咖啡。其实，我看到他的时候就知道他有话要对我说，并且，应该就是我猜测的那样。

大厦一层向阳的角落有一家星巴克，此时正值上班时间，人不是很多，很适合聊一些私人话题。何律师没有兜圈子，他的开场白有着律师特点的言简意赅："你可不可以做我的女朋友，和我一起照顾吉吉？"

我也不假装矜持，看着他说："当然可以，试用期三个月。"

他红着脸低下头，刚才的淡定变成了羞涩。原来男人也会害羞，而且样子还挺可爱的。更让我诧异的是，堂堂大律师也对宫崎骏的动画如数家珍，他跟我一样喜欢《龙猫》《千与千寻》《侧耳倾听》。

三个月后，我满面春风的样子让妈妈心生疑惑，她这才想起来问我："把吉吉送去哪儿啦？"我挑了挑眉，道："它现在住在大 house 里，有自己的专属房间，有大大的落地窗，可以看日落、看海景，而且我随时都可以去看它。"

妈妈继续追问："到底是谁收养了它？"

我故作淡定道:"他叫何礼言,是个律师,也是我的男朋友。"

缘分就是这么奇妙:一对拿着火石的男女,起初剑拔弩张,因为一只猫,却奇妙地碰撞出了爱的火花。

数字时代：从云工作到云恋爱

时间管理大师

坐在电脑前敲下这些文字的时候，已经是凌晨三点钟了。

我在华侨城一家科技公司做短视频运营，今天是我十二月份以来的第十个加班日，Boss 夺命连环催的营销视频预计还有半个小时就可以"大功告成"了。

此时正值南方的冬季，紫荆犹开，小叶榕兀自绿着。月光照在路上，像是撒满了盐。三三两两"收工"的年轻人慢慢踱着步子，手机屏幕微弱的光打在一张张疲倦的脸上，没有悲伤，亦无喜悦，所有人沉浸在一种澄明、圆满的寂寥之中。

不远处的公交站有个灯箱广告，上面印着那句再熟悉不过的标语：来了就是深圳人。要我说，见过凌晨三点半的深圳的人，才能称作"深圳人"吧。

作为短视频运营，我每日的工作内容包括但不限于内容创意产出、素材收集、视频制作、发布推广、数据分析等。只要 Boss 说素材太平淡，没有蹭到热点，我就得拉上摄影师，扛上器材，走街串巷拍摄新的素材。无论刮风下雨，二十四小时待命。把视频发到网上后，如果观看者寥寥，那么每隔三个小时就得重新发一次；如果视频播放量突破十万，一下成了爆款，那么恭喜你，即将迎来各大平台的同步直播，从早上九点开始，播到次日凌晨三四点是家常便饭。兼任直播助理的我，经常一边打着哈欠，一边在线回答粉丝问题，还要时不时地活跃直播间气氛。

和我一组的主播打趣说，熬夜能让一个人爆肝、爆痘、爆粗口，却偏偏不能让人暴富。我心有戚戚然，日复一日，就这样熬尽了创作灵感，熬成了"遮瑕铁皮女"，还熬散了一段感情。前男友说见我一面比见美国总统还难。他的话不假，我们不仅相恋时没时间见面，甚至分手后也没时间流泪缅怀。可像我们这样无疾而终的故事，在这座城市并不新鲜。

书上说，一个人的时间和精力是既定的，分给工作多一些，自然就会怠慢了感情。相信除了时间管理大师外，应该鲜少有人能在这场旷日持久的周旋中，全身而退吧。

争分夺秒去爱你

我的现任男朋友——辉子，算是我的半个同行，虽说他刚毕业不久，但已经是一个资深社畜。唯一值得欣慰的，大概是他的发际线尚好，用头发的密度保住了颜值的高度。

第一次约会，辉子迟到了半个小时。因为了解他的工作性质，所以我特别能体谅。我们约在一家烤肉店吃晚饭，辉子一坐下来便向我解释迟到的原因，这理由着实让我哭笑不得。辉子说："本来到点就准备下班，但临走前被老大留了下来，老大调侃我的头发怎么那么乌黑浓密，想必是工作量还不够饱和。"那一刻，香喷喷的五花肉在烤盘里嗞嗞作响，我看着辉子疲惫中带着欢笑的脸，有那么一点心酸，又有那么一点心动。

后来，辉子经常忙里偷闲地跑来看我，有时候是刚好来华侨城办事，有时候是发现了一本好书想分享给我，有时候只是送点家乡的土特产过来，一来二去，两人就算正式交往了。

辉子的公司在光明区，百度地图上显示，那里距离华侨城大约三十六公里。平日他若来找我，需要坐二十七站地铁，其间换乘三次，全程近两个小时。如果在高峰时段打车，车程一个小时起跳。因为距离太远，工作太忙，我们并不打算住在一起，还是各自住在公司附近，每天下班后视频一个小时。如果幸运的话，周末能碰头约会，每周在一起的时间约二十六个小时。

在大城市谈恋爱，有时候像在做数学题。一堆数字算下来，涌上心头的感觉就是，在深圳生活，能用来恋爱的时间实在太少了。可能因为聚少离多，我和辉子彼此心照不宣，格外珍惜在一起的时间。

周末约会前，辉子会提前做好攻略，那认真劲堪比上班做PPT。我们一起爬马峦山，穿越东西涌，一起在大沙河公园露营，一起去何香凝美术馆看展，一起喝咖啡、看电影，最后还要吃顿大餐……这些点点滴滴，都被辉子一一用手机记录下来，然后剪辑成"我们的故事"，在不见面的日子里可以慢慢回味。

每日视频时，叽叽喳喳聊个没完，今天吃了什么、穿了什么、做了什么，事无巨细，一一分享。电视剧《新闻女王》热播的时候，我几乎每天拉着辉子聊到半夜，看到张家妍的男友一边求婚，一边帮她叫车去荣记冰室采访的桥段，特别感同身受，用辉子的话来说，就是"争分夺秒去爱你"。果然，艺术都来源于生活。

明明一个拥抱就能解决

歌词里说相爱总是简单，相处太难。时间久了，感情再深的异地情侣，也难免因为距离而产生误会，比如没有及时回复消息、没有揣摩出对方的心意，一件件小事如虫似蚁，残忍地撕咬着娇嫩的爱情之花。

那是十一月份，城市被装点得像个珠光宝气的贵妇。本来和辉子约好了，万圣节当晚一起去锦绣中华，过个山海惊奇夜，但他临时被通知加班，计划泡汤了。我有点懊恼，也有点委屈。一个人走到世界之窗，周围挤满了人群，大家戴着鲜艳面具等待狂欢。我游离在这份热闹之外，越发感到孤单。

我拿起手机，用撒娇的语气给辉子发语音："听说别人家的小朋友都有糖吃哦！"可他却大大咧咧地回复我说："你又不是小朋友，你吃什么糖！"

本来只想求安慰，却不想不仅没得到安慰，还被冷不防戳了一下，我的心情一下子跌到了低谷。我认识的辉子不是这样的啊，从前的他，会满足我的一切需求，也会在我撒娇时露出宠溺的笑容。

因此在辉子说完的那一刻，我立刻无比坚定地给他判了死刑：他变了，变得没有以前那么爱我了。

于是，我赌气地回复了一条语气平平淡淡的语音："好吧，我知道了。"

手机那边是无言的沉默。辉子不是我肚子里的蛔虫，听不出我的情绪变化，也没能感知到我的失落。

我在难过了十几秒钟之后，理智全失，决绝地将他拖进了黑名单。

那天晚上，深圳刮起呼呼的北风，我一边捂着痛经的肚子，一边看着他打来的无数个被拦截的电话，一颗纠结的心，像是被风吹得摇摇摆摆的秋千，始终无法找到平衡。

我深知这样的冷战会让我们双双失眠，我却偏要用这样的方式折磨彼此。

直到第二天中午，我冷静下来，把辉子从黑名单里拉了出来。辉子第一时间打电话和我解释，原来他说那句话是在开玩笑，而且说完就在给我发微信红包，奈何公司网速不给力，还没等红包发出来，就被我拉黑了，微信、电话通通联系不上我。辉子一晚上都没想明白到底是哪个环节出了错。

真是成也萧何，败也萧何！5G时代，科技让人与人之间的联系变得更加容易，但也变得冰冷和模糊，正如辉子没有感知到我的情绪变化，我也没有意识到他只是开了一个玩笑。

相比于同居情侣吵架后可以给对方一个结结实实的拥抱，我们这对"异地情侣"在吵架这件事上，往往要付出比别人更惨痛的代价。

只要微信一删，手机一关，就谁也找不到谁了。

明明一个拥抱就能解决的事情，我们却求而不得。

在时光中定格永恒

有句歌词，说得无尽浪漫：无论天涯海角都要奔赴见你。可在社会摸爬滚打久了，越发觉得这句话压根儿是一个哄骗少男少女的伪命题。

上个月，很久没见的大学室友暮烟约我共进午餐。其间，她神秘兮兮地递给我一个文件袋，打开一看，是一摞摞整齐的车票，我一时有点语塞。我知道，这都是她去广州看男朋友的车票，已经两年了，风雨无阻。

"异地恋，太累了。"暮烟苦笑，工作一忙起来以为自己是条"单身狗"，下班回到家才想起来自己也是有男朋友的人，来来回回切换角色和身份，不过是在玻璃碴里找点糖。

"我选择分手，放过彼此。"说完，她如释重负，将杯中的百利甜酒一饮而尽。分别时，暮烟当着我的面，将一袋车票扔进了垃圾桶，亲手结束了这段异地恋。

从来，坚持比放弃更难。

打开微信，坐在我对面的同事更新了朋友圈 ——我们的爱情败给了时间，败给了距离。平日活泼开朗的她，此刻脸上还残留着泪痕。原来这都市的每一个角落，都藏有"云恋爱"的戏码，当时的奔赴是真的，如今的诀别也是真的。或许，爱情更适合成为一个标本，夹在元稹的诗中，让人在惆怅时回忆。

就写到这里吧，红枣配枸杞，开启今夜的"朋克养生"模式。我关上电脑，乘电梯下楼，走在冷清的街道上，却并不觉得孤单，因为手机的那一头，是辉子。我们开着视频，一路聊天，他一会儿说一些搞笑的段子，一会儿念首情诗，一会儿又唱起了古风歌，给我展示了一段色香味俱全的串烧表演。

快到家时，辉子向我道了晚安。我如往常一般打开门，以为迎接我的只是漫漫长夜与无尽黑暗。不承想，室内灯光闪烁，从那光亮处，走出一个深情款款的男人，是辉子。他捧着一个蛋糕向我走来，我喜极而泣，原来今天是我的生日，难得他一片心意。

辉子星夜奔赴而来，只为给我一个惊喜。四个小时的相守后，他从华侨城出发，如果不堵车，五十分钟后即可抵达光明。我问他，辛不辛苦。他摇头，自嘲有点恋爱脑，以后保不准还会更出格。说完，辉子将我紧紧拥入怀中。

这是平凡生活里窘迫却甜蜜的瞬间，它在时光中定格永恒，就像一朵永生的爱情玫瑰。

请给我一段深南大道的时间

好久不见

晚上追剧时，手机振动了一下，阿城在微信上说："我明天来深圳开会，你有没有时间一起吃个饭？"

我开心地捂住了嘴巴，回复说："好呀，我请你，想吃什么？"完全不担心自己的过分热情出卖了什么。

这夜，回忆扑面而来。我和阿城快三年没见了，我们是大学本科同学，保研的时候选到了同一个研究所，之后逐渐熟悉起来。我硕士毕业后来深圳工作，他留在北京读博。毕业离校的时候，我没有和他道别，我甚至想不起来，最近一次见他是在什么时候。

第二天，我整个人都魂不守舍。下班的时候补了下妆，然后就看到阿城发消息说，他已经到约定的火锅店了。我飞快地下楼，奔跑着去了海底捞。快到的时候不由自主地放慢了脚步，老远看见他坐在海底捞的门口，有点出神的样子。

阿城一米八几的个头，以前和我走在一起的时候总是微弓着背，偏着头听我眉飞色舞地叨叨，末了总要点评一句："小北，你真是个智障。"

我夸张地对着阿城挥手，他翻个白眼，再看向我时，露出了大大的笑容。他每次看到我都是这样，笑容就像涟漪，一圈圈扩大，我疑心这样的笑容会让他经不起衰老。我三步并作两步走过去，抬头冲他微笑。

等位的时候有点尴尬，太久没见面的两个人，不知道是久别重逢的喜悦多一点，还是好久不见的生疏多一点。好在前面只有几个号，没等多久就进去了。我点了菌菇锅，他不吃辣的，我在北京和广东待了几年，受身边人的影响，也不怎么吃辣了。

阿城说："小北，你不用迁就我，点个鸳鸯锅吧，你不是喜欢吃辣吗？"我笑着说不用，坚持点了菌菇锅。

我还点了一杯啤酒，阿城瞪大眼睛看着我说："小北，你现在喜欢喝酒了吗？"他以前经常用这种眼神瞪着我，就好像小孩子突然看清了大人的世界。他一直都是单纯的好学生，不喝酒，不抽烟，对我偶尔的放纵总是充满了困惑。我受朋友的影响，读研的时候偶尔喝点酒，工作之后，饭局上常常需要给领导敬酒，在喝酒这件事上放开了很多。

此情已过成追忆

我们一起回忆着读研时候的事儿，想来，与他来往较多的时间也只有一年。他很腼腆，跟班里的同学接触不多。因为是本科校友，我经常叫他出去玩，他倒也乐意，但是人多的时候还是不太爱说话。我们一起打过乒乓球，他的技术比我好很多，我以为跟我这种菜鸟打球会很没意思，但他每次都兴致盎然，眼睛里都是光。

周末的时候，我约他一起滑旱冰，逛植物园、科技馆，他总是欣然前往。当时一起玩的还有一个女孩子，我们组成了三人小组，每次都由我来组织，他们两个积极响应，现在回想起来，那时真的开心。

读研的第二年，我们各自进了实验室，三人小组只约过一次。那天，三个人一起去了电玩城，我抓了两个娃娃，神气十足。阿城也想起了这件事，说那两个娃娃现在还在他宿舍呢。

说实话，我已经不记得那两个娃娃长什么样子了，只记得当时觉得它们太丑，硬塞给了他，没想到这么久了他还没有扔。那段时间我的状态很不好，跟前任走到了分手的边缘，谁都知道这段感情维持不下去了，可是谁都不知道该如何处理这段支离破碎的关系。

当时，我的心情沮丧极了，再也没有组织过三人聚会。有一次，阿城说想去私人影院看电影，我们两个女生嫌贵，尽管阿城一再强调他请客，我们还是拒绝了。如果早知道三个人再也聚不起来，那时就该痛痛快快地去玩。

此时，我与阿城聊起过去都很遗憾。隔着时光的滤镜，我想那时候的我们，彼此是暗生情愫的。无奈此情可待成追忆，只是当时已惘然。三年过去了，我们不仅错过了一段光阴，眼前又隔着北京和深圳的遥远距离，于他于我，都再无可能。

可我，唏嘘之余，多少有一些不甘心。吃完饭我提议走走，他没有拒绝。商场对面是公园，中间穿插而过的就是大名鼎鼎的深南大道，车流如织灯如虹。我忽然有一种冲动。我问阿城："你有女朋友吗？"他愣了一下，说："没有。"可能是猜到了我想要继续说什么，他的声音有点紧张。我想他是紧张多于期待的。我了解他，他是一个理性的人，爱情对他来说不是冲动，是认真思考后的结果。现在的江小北对他来说，已经不再合适了。

两个小时的恋人

我抬起头，倔强地看着阿城，认真地说："那你可不可以当我两个小时的男朋友？"

现在是八点，十点的时候分开，等我们走完深南大道，一切都将宣告结束。我想过，两个小时，足够弥补我的这份遗憾，或者说我们的遗憾。明天，我们又是尘封在彼此朋友圈的旧时好友，尴尬很快会被时间和距离冲散。我不怕尴尬，我不想遗憾。

他沉默了几秒，说："好吧，小北！"语气里有一点点无奈和一点顺从。他一直都是这样，面对我异想天开的举动，他先是惊诧，然后顺从。我喝了酒，昏暗的灯光遮住了我的脸红心跳，我什么都不怕。所以，趁着黑暗，我拉起了他的手。他先是触电般瑟缩了一下，见我坚持，终于拉紧了我的手，手心里全是汗。我有一种干坏事得逞的得意，甚至有一些放纵的念头在肆意疯长。

工作的这一年里，我常常一个人在深南大道漫步，傍晚，道路两旁的灯光勾起我浪漫的情绪，我希望有一个人走进我的生活，我会拉起他的手，给他介绍我的生活环境，路灯、水池、塑胶跑道、对面的图书馆，还有图书馆旁边的大片花田。

我想把生活里的温柔细细地讲给他听，让他和我一起感受生活里的甜。现在，在这有限的两个小时内，我终于可以完成这件事，就算将来我等不来期待已久的浪漫爱情，至少在这两个小时内，我可以实现我对爱情所有浪漫的幻想。

　　阿城认真听着，像一只温柔的大猫。我不喜欢小动物，但这时候我想拍拍他的头。他太高了，我当然拍不到。也许他也感受到了什么，默契地伸出右手拍拍我的头，叹息一声说："小北，你的生活依旧这么有趣。"阿城也开始讲他的生活，实验终于做顺了，导师很器重他，最近有几篇文章在投稿。我也告诉他，工作之后的自己虽然经历着转行的艰难，但是整体状态很好，领导认可我，自己也很踏实。阿城说："小北，我知道你一定很棒的。"我们以前一直相互欣赏，我欣赏他的认真踏实，他赞叹我的天马行空。

　　九点四十分的时候，我们沿着深南大道，走到了世界之窗，阿城终于停下脚步，对我说："小北，我要回去了，明天还要开会。"我说好。我并没有那么强烈的不舍或者依恋，这段深南大道的时间对我来说已经是馈赠，让我可以穿越到过去的时光，弥补那时的遗憾。

　　我们都很理性，不会被爱情冲昏头脑。阿城有他的学业，我有我的事业，我们安居在距离遥远的两座城市，既然不能迁就彼此，不如温柔道别。

阿城说："小北，我们抱一个吧。"我笑笑，松开他的手。我也想要一个认真的拥抱，好好向三年前的彼此道一个别，然后转过身，走好未来的路。我张开双臂，像无数次幻想的那样，认认真真地抱住他，认认真真地对他说："阿城，我喜欢过你。"

我看着他走进地铁站，高高瘦瘦的身影和大大的书包。我笑着望向月亮，内心无比满足。手机振动了一下，我点开一看，是阿城发来的。他说："小北，我也喜欢过你，你一定会很棒的。"

我站在车流汹涌的深南大道边，内心平静无比，我知道，我都知道，我们都会拥有一个很棒的人生。

深圳湾恋人

小鹿乱撞

Kevin 是香港总部的同事，这两个月他跟着项目出差，暂时在我们深圳分部办公。一年前，我在公司年会上见过他一次，整个人闪闪发光，帅气逼人。

果然，早上他来组里和大家打招呼，背影还没消失不见，小西就在微信群里喊："姐妹们！中午咱们叫上 Kevin 一起吃饭吧！"

公司里女生多，好不容易来个靓仔，大家都有点激动。不巧的是，那日中午，我已经约了其他朋友，就没有参与聚餐。就是这一次的缺席，让我和 Kevin 发展出了其他的可能。

"Kevin 已经有女朋友了。"小西在群里发布了一条重磅消息，并且配了一个大哭的表情。其实，我心里也是很失落的，不过，就算不能成为恋人，和帅哥做朋友也是不错的选择。

后来，Kevin 加入我们的午饭小组，大家午餐时一起分享明星的八卦消息。他的普通话不太好，有时候我们讲太快他跟不上，就放下筷子歪着脑袋认真辨别我们的话，看起来憨厚可爱。

聊天中，我发现他也很喜欢漫画和电影，于是对他的好感又多了一点。起初，我们聊宫崎骏、聊漫威，后来，我感觉 Kevin 对我的私事比较感兴趣。有一天临下班时，Kevin 突然发来私信说："桃子，你们晚上喜欢吃什么？"他问的是"你们"，却只发给了我，而平日都是小西联系订餐的。隐约间，我预感这是 Kevin 向我发出的示好信号。不知为何，那一刻，我不但没有反感，反而有些期待。

我回复说："她们回家啦，我等下要加班，就去楼下餐厅随便吃点，一起吗？"

"好啊。"Kevin 很快回了微信。

这是我们两个人第一次单独约饭。我站在高大的 Kevin 旁边，当他帮我挡住电梯门的时候，我突然有了小鹿乱撞的慌乱。幸运的是，楼下餐厅多是附近写字楼里的男男女女，我们走在中间，看起来并不突兀。

这天，Kevin 的情绪有些低落。坐下来后，他开始说起工作上的糟心事。想来，对老板和客户的吐槽，永远是打工人的共同话题。不过 Kevin 似乎想聊得更深入一些，他谈起行业趋势、职业规划和自己对未来的憧憬。

我看着侃侃而谈的 Kevin，内心有两个"我"在交战：一个理智的我觉得，实在是交浅言深了；另一个感性的我，瞬间就觉得自己和 Kevin 亲近了好多，宛如知己。

Kevin 说觉得自己像个木偶人，整天被老板和客户摆布，工作没有价值，找不到成就感。其实我们已经算是幸运儿，刚毕业就找到了风口，无论薪资还是平台，都是业内顶尖的。

但是有那么一瞬间，我却一下子明白了他的意思。喜欢伍迪·艾伦电影的人，是不能忍受生活的一成不变的。我们都是无可救药的浪漫主义者，却日日在格子间里假装成熟稳重，为别人的事业奉献自己的青春。实在是无趣极了。

我望向窗外的深圳湾，那里一片星辰大海。我轻声安慰他说："工作只是生活的一部分而已，有些事大可不必放在心上。"

Kevin 被我的话逗笑了，说："你才几岁呀，说起话来像个得道高人。"

我也意识到平日一向爱搞怪的自己，突然说了句很有哲理的话，显得挺滑稽，也跟着笑起来。

121

饭后 Kevin 说："你工作忙吗？不忙的话我们走走吧，真不想回办公室。"我想都没想就同意了 Kevin 的提议。

那晚，我们绕着深圳湾的几座写字楼，散步、聊天，从工作聊到生活、喜好，再到各自成长中细细碎碎的小事，说到好笑处，便捧腹不止。不知就里的路人，还以为是一对情侣在谈恋爱呢。

暧昧的情愫

从那天起，有一种暧昧的情愫在我们之间悄悄生长。中午，我和 Kevin 依旧和大家一起聚餐开玩笑，但是等到夜幕降临，我们便会心照不宣地单独约会。有时候，我不用加班也会特地留下来陪他。

渐渐地，我们之间的约会，不仅仅局限在公司附近，还会一起去健身房，周末也相约一起探寻美食、看电影、爬梧桐山、去博物馆。有时候，我觉得我们就像经典电影"爱在"三部曲里的 Jesse 和 Céline，又或者是《再次出发之纽约遇见你》中的 Dan 和 Greta，在城市大大小小的街道，没完没了地漫步、聊天，聊天、漫步。

这一切，发生得那么自然。我与 Kevin 好像是一对暧昧期的约会男女，又好像只是志同道合的朋友。我也不知道这算什么，比友情多一点，但比爱情又少了那么一点。

记得有天夜里 Kevin 喝醉了，打来电话与我闲聊，突然说："你记得一年前的年会吗，其实我们那时就见过，当时就觉得你很可爱，短短的头发，神采飞扬，没想到一年后，你的头发还是那么短。"

我握着手机，在他真假难辨的说辞里，好像迷失了方向。他这算什么，是对我的告白还是对女朋友的劈腿？我又羞又恼，只好说："你真是喝醉啦，不要这么无聊！"挂了电话，我却兴奋得一夜未眠。

可是后来，Kevin 再也没有提起过这次冲动下的"近似表白"，我也没有提过"他有女朋友"这件事。就像歌里唱的那样，"暧昧让人受尽委屈，找不到相爱的证据。何时该前进，何时该放弃，连拥抱都没有勇气……"

我和 Kevin 心照不宣，在外人面前从来不提我们之间的私交。我以为自己可以一直这么淡然，但这种"见不得光"的关系到底还是刺痛了我。

某个周末，我和 Kevin 整天都在一起，像一对热恋的情侣，过得非常愉快。周一中午聚餐时，有人随口问了句这个周末大家都过得怎样啊。我不假思索道："非常开心呀！"可 Kevin 却没有接话，甚至小心翼翼，生怕与我有眼神交流。

那一刻，我心里难过至极，开始怀疑眼前的 Kevin 和周末的 Kevin 到底是不是同一个人。小西一下子八卦精神爆棚，靠过来说："哟，桃子，听你这语气，有人了啊？"

我被 Kevin 猝不及防地伤了一下，只好硬着头皮答道："哪有，是因为没有加班嘛，就像中彩票一样开心。"

"也是，唉，都是社畜啊。"小西没了兴致，草草结束了话题。

我起身装作去洗手间，望着远处的海岸线发了会儿呆。我当然不会愚蠢到跑去质问他，我有什么资格呢？但接下来两天我都拒绝了和 Kevin 一起吃晚饭。

我想 Kevin 应该也懂了，便不再单独邀请我。我们又恢复了普通的同事关系，甚至在午间聚餐时，还能像什么都没发生过一样正常开玩笑。这就叫情不知所起，又戛然而止。我感到失落，却也只能如此。

郑重的道别

两个月后，项目结束，Kevin 要回香港了。我犹豫着要不要约他吃个饭，虽然不知道之前发生的算什么，但到底是生出了有别于普通同事的情谊，值得一份郑重的道别。然而他在深圳办公的最后一天，恰好赶上我手上一个项目交接，晚上 11 点了，我还在办公室里拼命改文件。

想来，这就是传说中的有缘无分吧！我心有怨气地敲打着键盘，那声音在静谧的办公室里听来格外刺耳。

"你还在加班吗？"突然，Kevin 发来信息。

我像是淋了一股甘泉，满心的焦躁一下子就被冲走了，心里又涌起一股暖意。我们并不在同一楼层办公。

"是啊。你也还在加班吗？"我故作冷静地问。

"是啊。结束后去吃冰激凌吗？"这问得实在有些突兀，因为此时已经是 11 月份了。记得我之前跟他提起过，每次加班过了零点，自己就会去楼下便利店里吃冰激凌平复心情。想来，Kevin 是将我的话记在心里了。

"好啊，待会儿见。"

五分钟后，我们坐在写字楼前的大台阶上一边吃冰激凌，一边聊天。

深圳湾永远有社畜在拼命，虽已过了凌晨，但周围的办公楼灯火通明。而我们，都只不过是在钢铁丛林里忙碌的工具人而已，一张张脸面目模糊。

曾经，我们一路拼杀，争高考名次，争竞赛保送，到了大学再争社团、争实习，毕业后，争大公司的 offer，最后也就是获得了一栋写字楼里的一个工位而已，但竞争并没有就此结束，我们随时有可能被干劲十足的毕业生所替代。这就是深圳啊！

我歪着头盯着 Kevin 在路灯下的脸，他真好看。在这个孤独的城市，有人和你相知相惜，有聊不完的浪漫话题，还可以在加班后的凌晨一起吃冰激凌，何其幸运。

我和 Kevin 没有任何关于离别的感慨，也没有任何关于彼此关系忽冷忽热的解释。也许我们只是在这座偌大的城市里，把彼此当成一个可以取暖的人。

这时 Kevin 也转过头来看我，这一幕实在很适合接吻。但我们最终也只是相视一笑。我们不会成为情人，但我们也不必就此陌路。长大以后就会明白，不是每次心动都要有结果，其实人和人的关系是一张光谱，远近亲疏都在流动。

记得电影《托斯卡纳艳阳下》中有句经典台词——If you smash into something good, you should hold on until it's time to let go.

真是美好的两个月啊。此时此刻，是该说再见了。

"到时候啦，我们走吧。"

此刻，深圳湾的月色如海明威笔下《流动的盛宴》一般梦幻旖旎，洒在那对渐行渐远的"恋人"身上。

126

我在深圳租房已 8 年

铄石流金，紫薇花开

我和小羽拉着黑色的行李箱，结伴来到冒着热气的深圳。

两个单身姑娘，没有太多积蓄，只能租住在蔡屋围那压抑逼仄的城中村里。几十平方米的空间里，杂乱无序地摆放了数张高低铁床，目之所见，处处是灰尘与蟑螂。更可怕的是，房间里没有淋浴间，晚上洗澡只能等太阳落山后，烧一桶水，提到二十米远的公共浴室去洗。那画面，每每想起，心中还是会莫名地涌出一种悲壮感。

那时的月亮又大又圆，就像我们对未来的憧憬一样美好

好在这痛苦的日子并没有持续很久，我们相继找到了工作，也换了新的住处。黄贝岭的小公寓是我们两个女孩的新居，26 楼，一室一厅一厨卫，小小的，但是干干净净。站在玻璃窗前抬头往上看，仿佛伸手就能摸到天上的云朵。

127

房子是通过中介租到的，每月房租 2600 元。我和小羽在房间里转了一圈，觉得白天光线好，风景也很美，就一起凑着付了定金。时至今日，我依然记得，我们搬家的那一天突然下起了暴风雨，虽然全身湿透，却甘之如饴。

我们在网上订购了生活用品，买来蓝色的窗帘，铺上柔软的地毯，闲暇时两个姑娘窝在沙发上喝茶、看电影、聊人生。

在那个不到三十平方米的小家里，我数了数，最多的时候住过五个女生，我们像在大学宿舍里一样，秉烛夜谈，涮着火锅，睡着通铺，不知今夕何夕。

那时候，我的工作时间是下午一点到晚上八点，每天下班正赶上东门老街最繁华热闹的时段。腻在路边的情侣，排着长长的队买烤串；每个店铺里都在放着"看见蟑螂，我不怕不怕啦，我神经比较大，不怕不怕不怕啦……"，我和小羽在震耳欲聋的歌声里，手挽手走过太阳百货，在食街里面挑个人多的摊位，打包一份麻辣烫，当作看电影的宵夜。

每逢周五，我们会约朋友去唱 K，结束后又去轧马路，看到金稻园就进去喝一碗粥，再一路走回黄贝岭。那时的月亮又大又圆，就像我们对未来的憧憬一样美好。

第二天，我们睡到自然醒，小羽负责整理房间，我出去买菜。我时常在花菜、土豆、水瓜、番茄中挑花了眼，干脆随手捡上几个品相良好的匆匆回家。不多时，小羽就会从厨房里端出几盘红绿相间、荤素搭配得当的小菜，摆在铺着碎花桌布的餐桌上，阳光洒在上面，美好得让人忍不住想读一首聂鲁达的诗。吃饱喝足后，我们赖着谁也不想洗碗，在"葛优躺"中消磨时光……

用死党郭嘉的话来说，我每天过着醉生梦死的生活。

我也不知道，那时的自己哪来那么多的活力和精力，每天过得神采飞扬，像打了鸡血一样去上班，下班后又流连各种聚会，恨不得将一日过成十年。

那时的我们忙着及时行乐，谁也不管明天会怎么样，今天快乐就好！

在陌生的城市里，彼此温暖，互相慰藉

后来，小羽考上了东莞的公务员，她离开深圳后，我一个人无力承担小公寓的租金，就搬到了景新花园与新室友合租。在那里，我认识了郭嘉、辛德瑞拉、王婆和灭霸。这段旧时光，让我至今都念念不忘。我们五个人合租在一套三居室的房子里，虽然有点拥挤，但十分和谐。

我记得楼前有一排高大的荔枝树，每到夏季荔枝成熟了，我们早上出门时，时常会碰上它掉下来。如果刚好有个幸运儿中招了，那么当天晚上就由她来组织夜谈会，说一个自己的秘密，比如郭嘉就是活生生的樊胜美，有个吸血鬼老妈；辛德瑞拉的初恋是在高一那年发生的；王婆的妈妈是个聋哑人，受尽苦难；灭霸是个单亲家庭的孩子，她从未见过父亲……日复一日，夜谈会让五个来自天南海北的女孩不再有秘密，我们慢慢熟悉，在陌生的城市里，彼此温暖，相互慰藉。

郭嘉建了一个微信群，取名欢乐颂。每天临下班前，欢乐颂里热闹非凡，叽叽喳喳讨论晚上吃什么，酸辣粉还是炸酱面，如何分工协作……最后一致决定，我还是干老本行——负责买菜，路痴王婆只管洗菜、切菜，掌勺的是大厨灭霸，辛德瑞拉是洗碗高手。你问我郭嘉负责啥？哦，忘了告诉你，她只负责吃。

你看，我们的日子过得还不赖吧。到了节假日，我们在市民中心当流浪歌手，在世界之窗售卖气球和荧光棒，更有趣的是万圣节那夜，我们在锦绣中华做了一回兼职女鬼。

那时候，我的眉梢眼角都是笑意。在办公室叫嚷着下班要回家时，引来同事们的群嘲，他们说和家人住在自己的房子里才叫家。我对此不以为然，虽然我买不起房，但我的合租室友就是我在这个陌生城市里的亲人。

记得我考上教师编制后，初到一所新学校任教，每天在家昏天暗地地做教具，是她们帮忙画图、上色、给成品过塑、剪裁，助我顺利通过试用期。有一次，我生病了请假在家休息，有人下班回来时会"顺路"给我带感冒药，有人会"顺手"打包甜点，有人给我敷热毛巾，有人给我熬了粥。她们的照顾和关心，让生病的难熬时光也变得温暖起来。

多年以后，我和郭嘉聊天时，她还会无限感慨："那时天天要加班，却也很开心，因为知道无论多晚回家，总会有一碗香喷喷的鸡汤面等着自己！"

后来，我常常一个人在家做一桌饭菜

一年后合同到期，我们想换一个大一点的房子。如果那时，你经常在工作日的晚上看到五个姑娘穿着人字拖，浩浩荡荡地在景田北转悠看房，那一定是我们。我不太记得因为走路太久把脚磨出水泡后的痛，只记得大家跛着脚，打打闹闹搀扶着去满记买甜筒的欢快。

还有一次，我们去香蜜三村看房子，不巧又遇上大雨。最后在躲雨的店里，吃到了特别地道的桂林米粉，一扫被淋

成落汤鸡的郁闷。更幸运的是，我们租到了满意的房子，有一个大大的客厅，每个人终于有了自己独立的卧室，小羽来深圳看我，也有地方过夜了。夏日里，我们汗流浃背地在客厅涮火锅、聊八卦、玩桌游，快乐似神仙。

在这里，我们经历了很多至暗时刻，有人失业，有人失恋，还有人离开了深圳，当然也收获了新的友谊。第一位新室友是IT女阿雅，她满脑子只有代码，刷碗碗会碎，洗电饭煲会把内胆刷花，有一次甚至想把金属饭盒放进微波炉加热，差点炸毁我们的家……第二位新室友是面膜金融女古丽，她搬进来的第一天，半夜敷着黑色蕾丝面膜在黑漆漆的客厅刷手机，她抬头的那一刹那，吓得大家魂飞魄散，上演了一场现实版《午夜凶铃》……

她俩都是我在网上发帖招到的，上网多年，从来没有见过网友，第一次见到，居然是室友。更没想到的是，我们最后竟然能成为朋友。

遗憾的是，房东急着卖房，合同还未到期就让我们搬走。从香蜜三村搬走后，我又换过三次房子，第一次还是合租，和室友基本碰不上面，我过了一段常常一个人在家做一桌饭菜，然后和隔着十几公里的郭嘉边聊微信边吃饭的日子。

元旦那晚，我突然发高烧，半夜起来找水喝时，遇上正在客厅看电视的室友，竟不知道该开口说些什么，只好低头抱着保温杯逃也似的躲回房间。

我快 30 岁了，还是买不起房

再后来，我找的房子都是一室一厅。如果没有合拍的人，一个人住大概是最佳选择。这几天，下班回到家时刚好碰到住对面的小女孩放学回来，白皙的皮肤，微微上扬的嘴角，看见我时会害羞地低下头问声好。她妈妈是个热心肠的女人，煲骨头汤的时候会来敲门，问我要不要一起吃饭，端午的时候也会送我几个自己包的粽子。

现在的我，一个人租住在南山区的一栋老式居民楼里，因为住在一层，且隔音效果不好，晚上孩子们在楼道里的嬉闹声、妈妈们的唠叨声和训斥声、女生下班后踩着高跟鞋嗒嗒嗒上楼的声音和老人家用粤语唠家常的声音不绝于耳。

吃完晚饭，我站在洗手台前卸了妆，敷张面膜窝在沙发里，顺手打开荔枝 App。音乐轻轻响起，是阿桑的《叶子》：我一个人吃饭旅行，到处走走停停，也一个人看书写信……我正想小睡片刻，又发愁一堆碗筷还没有洗，怎么办呢？再躺会儿吧，等敷完面膜再去洗吧。然后呢，赶在雷阵雨之前，去深圳湾公园跑跑步，回程再去超市逛逛，明天想吃香菇炖鸡，再配上红豆糖水。哦，对了，今天老板说要给我涨工资啦，去花店再买几枝香水百合庆祝一下。

想着想着，突然觉得很踏实，有一种从未有过的安全感。

其实直到现在，我也不知道深圳适不适合我，但是每当看到满城的簕杜鹃盛开，鲜红似火，心里就会充满无穷斗志。

我记得住在景田的时候刮台风，雨点砸在玻璃上，呼呼的风声仿佛要把整座城市刮走，让人心生绝望，可是与好友同住的日子，就算身在千里冰封的北极，也是能感觉到爱和希望的。

天才作家弗朗索瓦丝·萨冈说："所有漂泊的人生都梦想着平静、童年、杜鹃花，正如所有平静的人生都幻想伏特加、乐队和醉生梦死。"

今年是我来深圳的第 8 个年头，我快 30 岁了，还是买不起房，但这并不妨碍我用心过好每一天。我想，这样平凡的自己和这座城市里千千万万如我一样的普通人，也是值得深圳去珍爱的吧！

都市夜归人

光鲜亮丽的背后

晚上 11 点，我从电脑屏幕前抬起头，从硕大的落地窗望出去，整座城市被笼罩在一片星海之中，繁华如梦。刚刚赶出的方案已经发给客户了，我如释重负，整个人瘫坐在办公椅上。闭眼数秒后，我慢慢起身，合上笔记本电脑，关空调、熄灯、落锁。然后裹紧大衣，按下电梯，走出办公楼。

在热闹的街头匆忙拦车，看着身后灯火通明的写字楼慢慢淹没在夜色里。出租车的收音机里播放着金志文的《远走高飞》，电台主播带着一点鼻音说希望今晚的音乐可以温暖每一个行走在路上的你。

我坐在后座，倦意袭来。来深圳已经有三年多了吧，记忆里下班的场景永远是这般模样，一身疲倦，假装强大。

初来乍到那会儿，我还时常因为工作压力太大躲到卫生间里掉眼泪。如果来个评比——选出你心中最能容纳职场新人的大梦想和小情绪的场所，我想卫生间这一方小小天地，必能一举夺冠。在北上广深，每一座大厦，每一个格子间，有多少人曾在这里流下眼泪，然后重整旗鼓，逢人遇事强颜欢笑。

想想，我来深圳应聘第一份和广告相关的工作时，凭的完全是一腔孤勇。大学期间没学过任何广告学知识，热爱是我唯一的优势。我买来很多报刊，从上面剪下我觉得拙劣的广告，分门别类整理好，重新想创意、写文案。面试的时候，我带上了这本自制的"作品集"。

我忐忑地坐在会议室里等待面试，刚喝了口水，面试官梁姐就来了。

面试结束，梁姐当即告诉我面试通过了。用她的话说，她看到我就像看到了年轻时候的自己。后来我才得知，梁姐算是地产广告界的传奇人物，很多经典的楼盘出街广告正是出自梁姐之手。

出租车如鱼般在城市里游走，灯火璀璨中，人们只看见花样年那引人注目的巨幅招牌，看见阳光棕榈园"日子散漫，生活缓慢"的文艺浪漫，看见绿景香颂的平面模特笑靥如花，看见水榭花都的樱花粉雨……没有人知道，在这些光鲜亮丽的背后，是梁姐和她的团队奋战了多少个日夜才带来的这一场场视觉盛宴。

小人物的幸运

我永远都记得梁姐的话，她说如果你没有漂亮的履历，那就用努力来证明自己的潜力。在梁姐的提携与点拨下，这几年，我的成长有目共睹。用同事的话说，新的"广告之星"已经冉冉升起！"我从一个连做PPT都不够熟练的职场菜鸟，到成为一个通晓各类设计软件的工具达人；从被客户骂得狗血淋头只会低头道歉，到在上百人的会议上舌战群雄，据理力争，充分表达自己的创意和卖点；从拉着行李箱跟着梁姐四处出差的小跟班，到成为独自搭乘早班机赶往不同城市为客户提案的资深策划。

这一路走来，何其辛苦，又何其珍贵。

车行至梅林关时，电话铃响，一下将我的思绪拉回。我接听后说："你好，梦想广告顾小曼。"

"顾小姐，刚才的方案，我们领导已经看过了。"对方说。

我心里一紧，这家上市公司属业内龙头老大，对策划方案颇为挑剔，公司已经提交了十余次方案，对方都不甚满意。

"方案还需要修改吗？"我小心翼翼地问。

对方的声音极富魅力："我姓李，不知顾小姐近期是否有时间，希望和您见面谈。"

"见面谈？"我心里犯疑。

"是的，顾小姐，公司高层对您的提案很是满意，所以要尽快签订合同。"

我心狂跳。

这一刻终于来了。历时一年，这块"难啃的骨头"终于被拿下了。我一时不知如何作答，万分感慨，鼻子发酸。

李先生急急地问："顾小姐下周一方便吗？"

"方便。"

"下周一上午10点或者下午3点，您哪个时间段方便呢？"

"上午10点。"

"到时见。"李先生爽快地挂了电话。

我放下手机，长舒一口气，忽然间热泪汩汩而下，心中充满着说不出的快意，成功了，成功了！

对眼下的我而言，这便是山之峰、天之尖。

很快，梁姐发来了"贺电"："不愧是我的得力干将，干得漂亮！祝贺顾小曼荣升我司策划经理一职！"

我双眼蒙雾，终于不负众望，终于得偿所愿。这是我事业的第一步，我终于获得赏识，得到提拔。无论前方的道路多么艰难，我都将勇往直前。

我喜极而泣，又觉得自己有些傻气。

"小姐，春华四季园到了。"

我连忙擦干眼泪，付费下车。

都市夜归人

小区门口卖煎饼果子的大嫂如往常一般，身披夜色，孤独地站在寒风中。我记得自己刚搬到春华四季园那天，也是她推着三轮车入驻门口那块方寸之地的日子。更巧的是，我是她开张的第一个顾客，她非要给我打五折。很多个归家的深夜，都是她那冒着香气的煎饼果子温暖了我的胃。

大嫂的时间观念很强，每日下午 5 点准时出摊，晚上 12 点收摊。平日靠着一把淡青色太阳伞，风雨无阻。听说上个月她女儿生了二胎，为此，她回老家照顾女儿了一段时间。

我急急走上前，要了一份煎饼果子。大嫂熟练地铺好绿豆面，再煎鸡蛋，隔着一层热气，我们像认识多年的邻居一样唠起家常。大嫂问我："刚下班吗，最近怎么没出差？"

我笑着摇摇头，想来我拉着行李箱四处奔波的样子，悉数落入她的眼中。

大嫂告诉我，她女儿生了个小姑娘，粉粉嫩嫩的。她那幸福之情溢于言表，而我也将自己升职加薪的喜讯和盘托出。我看着大嫂，麻利地撒芝麻，卷油条，就像在看自己的过往。

我们从不同的地点出发，在不同的生活轨道里各自挣扎、各自努力。或许，当我和梁姐为一个策划案争得面红耳赤时，大嫂刚好切完当日要用的小葱和香菜；又或许，我和梁姐奔波数千里去参加一场竞标时，大嫂已悄悄研制出一款口味宜人的调味酱。我们就像山林里茂盛生长的野草与荆棘，各安一隅，各自蓬勃。

当夜，我捧着热腾腾的煎饼果子，就着鲜香爽口的酱料，吃得意犹未尽。大嫂说这是今晚的最后一份，一直给我留着，不然她早就收摊回家，跟女儿和外孙女视频通话，享受天伦之乐了。

我心头一热，莫名感动，付款后匆匆告别。月光如水般洒落，我走在深圳的午夜里，想起许美静的一首老歌："城里的月光把梦照亮，请温暖他心房……"

愿今夜，同是都市夜归人的你、我，还有她们，都有一个好梦。

科兴科学园的日与夜

时至今日，物是人非

2021 年的夏天比往年更加漫长难挨。

我坐在诊室里呆呆地看着医生，心中五味杂陈，眼泪要强忍着才不至于流下来。

医生柔声安慰道："是良性肿瘤，切除后好好休养，问题不大。"

我努力克制自己的情绪，嘴唇颤抖着张开合拢，说不出话来。

医生继续说："这是比较常见的女性疾病，手术在一小时内可以完成，术后需要住院观察三天，没问题就可以回家休养，别太过担心。"

我悄悄紧握了拳头。

接着，医生开了住院通知单，让我下周三下午住院。

我收好单据，站起来向医生道别。又去缴费窗口提前办理好了住院手续。

这一日与深圳的任何一日一样，阳光明媚，人们精力充沛。

我站在人行道上，茫然注视着周围的高楼大厦与拥挤的人群。

我心里开始犯怵，住院这几日的工作与生活该如何安排？

不自觉地跟着人流过了马路，一想不对，公司是在另外一边，又傻傻地等绿灯亮起，巴巴地走回来。

如此来回三两次，我懊丧不已，低声说："顾芳菲、顾芳菲，勇敢一点，别被这点小事打败。"

我站在马路边，闭上眼睛，试图驱逐耳边的嗡嗡声。我告诉自己，一定会渡过这个难关的，比这更难熬的都熬过来了。

这样一想果然好多了。我抬头看看时间，事不宜迟，得赶紧回公司了。

很快到达科兴科学园。往日刷卡可进的办公大楼，不知今日为何换为刷脸，更让人窘迫的是，我被保安当众拦下。保安一副公事公办的样子，说："机器无法识别，需要重新办理电子通行证。"

众目睽睽之下，我窘迫万分。冷不丁看到大堂锃亮的玻璃门上，印出一张疲惫苍老的面容，我惊异那个女人是谁，她跟工牌上那个一脸明媚的女子可是同一人？

工牌上的照片不过是三年前拍的，彼时我和王先生还伉俪情深，某日逛到罗湖一家香港影楼，一时兴起，还补拍了婚纱照。今时今日，一切物是人非。

很快，我回过神来，恢复了往日的精气神，颇有气场地与保安交涉，终于进了大楼，坐上了电梯。小小的电梯间里张贴着大幅医美广告，宣传热玛吉可以让人年轻五岁，留住青春赢得人生。我慌忙从手袋里掏出粉饼，厚厚补了一层，心想着要不要也去试试热玛吉，说不定能一夜回春。

电梯门一开，就听见 HR 露丝的大嗓门。

公司又来了新人，一副意气风发的模样。露丝虽然年轻，气焰却十分嚣张，此时正尖着喉咙向新人介绍公司情况，出尽了风头。碰到我时，露丝意味深长地向新人介绍道："这是顾姐，我们公司唯一的元老！"

我礼貌回应，快速走到自己的工位，心绪纷繁。

吹胀的气球，薄如蝉翼

七年前，我跳槽进入这家互联网公司，认识了一群热情、飒爽、巾帼不让须眉的女同事。那些年，我们一起熬夜，也一起在产品上线后欢呼雀跃。大家在一起工作很开心，可是晋升机会却寥寥无几。

七年里，每当有新人来，就会有旧人走，对此，我们都心知肚明。那些曾经和我一起并肩作战的女同事们，慢慢地，一个接一个离开了公司。

不知道今日又会轮到谁。

我如坐针毡，露丝走过来，不无得意地对我说："顾姐，刘总有请！"

我"噢"了一声，百感交集，失业的阴影如巨鸟般在我头顶盘旋，今日终于要降临。

年轻的刘总面露难色，说是接到了总部裁员的通知，我所在的整个部门都要被裁掉。对此，他也无能为力。

我不禁在心里冷笑一声。七年来，我如同上了发条，一刻也不敢停歇。公司永远有出不完的差，开不完的会，写不完的代码，改不完的bug。即使休产假在家，也时刻保持远程在线。而今日，老板不过寥寥数语，就轻易将我打发了。

离开刘总办公室，我在露丝的监督下，火速办完离职手续，告别这家倾注了太多心血的公司，告别曾一手做起来的产品。走出公司大门的那一瞬间，我心寒至极，同事人人自危，抑或已经司空见惯，竟无人问候我半句，人与人之间的冷漠毕现。

电梯来了，还是贴着热玛吉广告的那一部。我怔怔地看着广告模特红艳艳的嘴唇，想起听人说做热玛吉很痛，究竟是像做手术那么痛，还是像失去婚姻那么痛，抑或是像中年失业那么痛呢？

短短三个小时，我仿佛经历了一场自由落体运动，从职场白领、都市丽人，一下跌入人生低谷，成了失业中年。所谓的中产、体面的生活，就像一个吹胀的气球，薄如蝉翼，在一个毫无防备的时刻突然爆了。

走出科兴科学园，我一时竟不知道要去哪里，感觉自己像一个被社会抛弃的人，身处孤岛，茫然无助。一个患病的单身中年女人，儿子还在上幼儿园，身上背着车贷、房贷，承担着家庭的一切开销……前几天，儿子的钢琴老师说，孩子手指灵活，协调能力很不错，要好好培养啊。

刹那间，挫败感从四面八方袭来，我抬头看看天，很蓝，是典型的深圳蓝，我慢慢平复心情，朝停车场走去。坐进车里，看到可爱的巴斯光年挂件在阳光下泛着温暖的光，一抹笑意悄然爬上脸颊。

那是去年带儿子去日本旅游的时候，在东京的一家小店购买的，儿子很喜欢，就一直挂在车上。儿子说，巴斯光年是一个勇敢的探险家，等自己长大了也要像他那样。起初，我不以为意，后来跟儿子看了《玩具总动员》，才发现巴斯光年身上拥有的无所畏惧的勇气，不仅能够鼓舞小朋友，还可以给成年人以抚慰人心的力量，鼓励人们勇敢追寻内心的热爱。

苦与乐，无人诉

发呆片刻，迎面走来一对老人，我突然想起车的后备厢里还有买给母亲的药和日常用品。这几日忙着加班，也没时间送过去，现在被解雇了，反而有空了，连忙发动引擎，往父母家开去。

一路上，回忆如同开了闸门，翻涌而来。

2021年于我而言，是个大悲之年。年初，母亲被确诊了阿尔茨海默病，生活自理能力正在逐渐丧失，父亲的胃也不好，送去医院一检查，竟然是胃癌晚期，癌细胞已经扩散……父母突然双双病倒，对我来说无异于晴天霹雳，但我必须打起精神来。那时父亲住院接受治疗，由护工照料，我中午趁午休时间过去看看。下班后匆忙赶着接送儿子上兴趣班，之后再去照护母亲。母亲由保姆看护，24小时不能离人……短短数日，我俨然长出了三头六臂，成了家里的顶梁柱。

父母的房子是一处海边老宅，我进家的时候，母亲在睡觉，父亲坐在沙发上打盹，老花镜还在手中，报纸已滑落地板。我刚放下东西，父亲就醒了，轻声问我今天怎么下班这么早。我不知该如何接话，又不想让他跟着担心，只好"嗯"了一声，借口看母亲躲到卧室里去。母亲睡得很沉，我不想打扰她，走出来对父亲说还有事要忙，便匆匆离开了。

一路上，汽车行驶在繁华的街道上，往事一幕幕如电影般闪过。曾经，我和王先生在这座城市相爱、打拼，一路走来，有辛酸也有甜蜜。为了前程，王先生被外派到西班牙马德里工作，我很支持，想着一起熬过三年异地之苦，终将守得云开见月明。我在深圳守着家，抚养儿子，谁料，却等来了一份离婚协议书……那段日子，我的情绪一度崩溃，整晚失眠，更无力照顾儿子，只好将他交给保姆照看。自己奋力投入职场厮杀，没日没夜，许是在那时身体出了问题……

汽车驶过人才公园，我打开音响，听到李健唱着"这一生，似乎无从选择，所以要找人说，苦与乐"，心里酸楚不已。

两年前的冬天，王先生休假回国待了一段时间，带儿子去了香港游玩，我一个人去春茧看了一场李健的演唱会。我和那些少男少女一起，高高举起荧光棒，挥舞成一片绚烂的星海。开场前倒计时的几秒，我仿佛听到了自己怦怦怦的心跳声。李健的声音响起的瞬间，我浑身战栗，眼泪止不住地流。直到今天，我的手机壁纸依旧是那晚拍下的李健如少年般纯净的脸。

有时候，说起这些往事时会被朋友取笑，但我知道，这是自己永远不会放弃的精神世界的养料，用来对抗那些无人救赎的痛苦与孤独，让我在面对生活的千锤百炼时，还留有一片供自己静静舔舐伤口的桃花源。

六点，我准时接上儿子，他见到我格外开心，叽叽喳喳说老师表扬了他，还奖励了他三张奥特曼贴纸。为表祝贺，我带儿子去必胜客吃了比萨。晚上，小小孩童无比满足，带着甜甜的笑意进入梦乡。漫长的一天，终于结束。

凌晨三点，我从梦中惊醒，再无睡意。向窗外望去，那栋曾经占据我生活中大部分时间的写字楼，依旧灯火通明。而我与它，从今天开始，已无瓜葛。明天，我该何去何从？

在这个孤寂无边的深夜，我想着自己千疮百孔的生活，更觉凄凉。刚才梦到八岁那年春天，我在公园放风筝，不小心崴了脚，妈妈抱，爸爸哄，一副娇生惯养的模样……

那情境恍如隔世，让人分外感伤。此刻，我多么渴望有人再次将我揽入怀中，轻声安抚，为我抹去烦忧。可是没有，父母年事已高，孩子尚且年幼，不会再有人拥抱我，或许从此至死，再无可能。

羊毛党的不圆满人生

下雨的周日

现在是周日早上九点，外面正在下雨，玻璃窗上氤氲着模糊的水汽。我随手翻开前两天买的《人物周刊》，看到一篇关于伍迪·艾伦的文章。手机"嗡"地振动了一下，我放下杂志起身去看消息。

是妈妈发来的相亲消息，我给妈妈回复了一个哭笑不得的表情和一个迫不得已的 ok。然后打开 QQ 音乐，泡上咖啡，把冰箱里昨天特意为周末买的李子、小番茄、荔枝拿出来清洗。这是今年第一次买荔枝。在深圳，吃水果很方便，去农批市场转转，不需要花很多钱，就能买到种类繁多且新鲜的水果。

我在北方出生长大，在省会城市读了四年大学，又在老家工作了两年。每年荔枝和龙眼上市时，我都要感慨一番，要是生在岭南就好了。现在终于可以敞开吃了，却也只是尝尝鲜而已。转眼间，我来深圳已经八年。

记得 2016 年刚来深圳时，在市民中心一家公司找到一份工作，一直做到现在，从助理到主管再到经理，月薪从 5000 元涨到现在的 16000 元，足够我一个人的日常开销。在深圳，能找到一份每天准时下班、周末双休、有一间自己的办公室、工作上被老板赏识、和同事相处愉快的工作，我复何求呢？

奈何总有人对单身职业女性心存歧视，不怀好意地给我们冠以"剩女"之名。这些年，我独自居住在莲花山附近的小小公寓，留着黑长直发，每日步行 10 分钟去城市繁华的 CBD 上班，中午还能回家躺在柔软的沙发上小憩片刻。一个人把日子过得有声有色，就是对那些诋毁自己的人最有力的反击。

不圆满才是人生

来深圳之前，我有一个初恋男友，已经到了谈婚论嫁的地步，却因为一点小事而闹掰。

我和初恋男友在一起三年，几乎事事都依着对方。遇到事情，说是两个人一起商量，但最后往往以对方的意见为主，久而久之，我心里积攒的委屈越来越多。直到婚礼被提上日程，明明是两家人一起出钱买的房子，但无论是装修风格，还是家居布置，都得按照对方的喜好去操办。

他总说我的品位太低幼，总是走可爱风，不好看。他为了给自己打造一间游戏房，自作主张取消了早就答应我的衣帽间。对这些我都一笑而过，只要他开心就行。但一件件小事妥协下来，心里总归会失衡。

最终，婚纱成了我们分道扬镳的导火索。起初他让我租一套婚纱，但我偶然在婚纱店看到一件非常心仪的款式，想把它买下来当作纪念。他不同意，说买来只穿一次太浪费了。那款婚纱的价格是我们完全可以负担得起的，可他硬是不愿意成人之美。

我在那一瞬间幡然醒悟过来，我为什么要事事以他为先，难道我的一生只能委曲求全？思前想后，最终我提出了分手，取消婚礼，独自来了深圳。

雨还在下，势头稍微减弱了一些，但从窗户上极速滑下的水流知道，雨势还很猛烈。我躺在沙发上，看着朋友圈里各种"凡尔赛"文学，人类的悲欢并不相通，只能自己度自己。在熟悉的城市里，能获得的惊喜感越来越少。那些网红商场、餐厅，并不像宣传得那般令人惊艳；手机上推送的理财课程、楼盘广告，让我顿觉口袋空空如也。

一直以来，我是个理性消费的人，赚得多多花，赚得少少花，并合理储蓄。从来不会做"用一个月的工资买一个包"的事，但是对自己喜欢的事也从不吝啬，比如旅游。从小，我就向往自由，渴望像三毛一样行走四方。这些年，借着工作机会，去了很多城市，像北京、上海、杭州、苏州……能叫得上名字的城市，基本都去过。出差的最后一天通常会留给自己，暂时远离喧哗的人群，去寻找陌生的小惊喜。有时候，也会在节假日前往九寨沟、张家界、黄山等热门景点，寄情山水。

　　大概从 2018 年开始，我会每年给自己安排一次境外游，看不同肤色的人种各自精彩的生活。当年和闺蜜去了塞班岛，我们拍了很多漂亮的写真；2019 年大学室友在韩国结婚，我顺便给自己来了个自由行；2022 年，我独自跟团去了埃及；今年早早预订了"十一"长假期间去日本的机票，打算去《灌篮高手》的取景地镰仓看看。

　　放下手机，闭上眼睛，我把胳膊枕在脑后，心中涌出一阵突如其来的感伤：我 31 岁了，没有结婚，没有孩子，四处走走看看，可终点在哪里……转念又想，我还年轻。德川家康说："人生有如负重致远，不可急躁。"我还是应该多点耐心，多出去走走看看。

2023年，我拿出仅有的20万元存款，在老家首付了一套50平方米的一居室，一年的租金有18000元，每月房贷有1900元。

买房之后，我的经济压力陡然而升，瞬间明白人生需要做加减法。从年少时不停做加法到成年后不停做减法，兜兜转转，注定不圆满的才是人生。今年，我决定退掉单身公寓，和朋友商量好一起合租，房租预算是每人每月2500元，半年一付。是时候让消费合理降级了。

薅羊毛的快乐

我来到书桌前坐下，打开香薰机，然后在纸上写下日常开销：搬家之后，还是继续走路上班，自己做饭，一周的菜钱控制在500元左右；每周去一趟农批市场，搞定一周的水果；周末一般外出一天，宅家一天，出门就坐地铁，看场电影、吃顿饭，如果不买衣服，一天的消费差不多是100元；护肤品开销稍微多一些，眼霜300元、精华600元、面膜200元、香水去柜台领免费小样、粉底液700元、散粉600元，贵是贵了点，但也物有所值；从前买的衣服不计其数，漫长夏日可能都不会重复，所以今年添两件T恤就足够了。鞋子呢，4年前买了一双匡威，前年入了两双Vans，一黑一白，完全满足了我夏天的日常穿搭；去年圣诞节前夜，亚马逊清仓，我用99元抢到一双 Superga 小白鞋，穿在脚上健步如飞，通勤出差两相宜，好看又实用，每周至少能带给我三天的好心情。

从来，女人赚钱不易，花钱的地方又太多，我自然深谙各类商超庆典优惠、品牌积分规则，被同事调侃为"羊毛党"，每天如葛朗台数金币，喜滋滋地享受薅羊毛的快乐。你还别小瞧，日积月累真可以省下一笔不小的开销。最近这两年，物价水涨船高，好在我一个人赚钱一个人花，没有结婚的计划，恋爱随缘。

早几年，也想过换工作，但总是没遇到合适的，不知不觉到了30多岁，如果今年再不试试，可能就不会再动心思了。我一边心有不甘，一边又害怕挑战，一旦走出舒适区，无法胜任新工作怎么办？或许是还有选择，人一旦被逼到进退维谷的境地，也就顾不了那么多了。某天刷抖音，偶然发现当年一起追星的那个蘑菇头同桌，已经是两个孩子的妈妈了，她"鸡娃"的日常看得我胆战心惊。从前我们向往星辰大海，如今尘归尘，土归土，到底世界是平行的还是圆的呢？

这种状态好像坐绿皮火车，咣当咣当，不知道什么时候是个头，但是总会有终点的吧。这么盘算着，一股闷气不自觉地从我的鼻腔发出，我起身朝窗外望去，雨小了，整座城市碧空如洗，遥远的天边还挂着一抹耀眼的彩虹。

突然心血来潮想出门走走，实在懒得打扮，只戴了一副酷似水滴形状的耳环，一晃一晃如水波荡漾……我撑开雨伞，走在小区的砖石路上，如果拍下这画面，不知有多美。

凉亭子下，几位老人围在一起打扑克，出谋划策的诸葛亮永远比刘备多；嬉戏的儿童三五成群，有的跳绳，有的拍球，好不热闹；保洁阿姨态度和善，主动对我点头微笑；路边的绣球花开得十分热烈，可惜平日匆忙赶路，从未留心观赏。

曾经，我一直信奉生活在别处，每年有大半的时间在路上，不是出差就是旅行，总是匆匆忙忙往外跑的自己，忽略了太多身边的美好，就像路边的绣球花，明明开在眼前，却总是视而不见。

不抱怨生活，不羡慕他人，就像《阿甘正传》里面妈妈对阿甘讲的那样，人生就像一盒巧克力，你永远也不知道下一个吃到的是什么味道。

18 岁的奈雪姑娘

铜鼓路上，华润城边，有一间小小的奈雪的茶。奶咖色门面，抹茶绿篷檐，放眼望去，有种经过某个意大利小镇的错觉。两年前，我在这里打暑假工的时候，认识了小雪。

小雪是北方人，出生的那天，天上飘着漫天飞舞的雪花，她的妈妈就给她取名小雪。人如其名，小雪有着雪白的皮肤，明亮的双眸，笑起来眉眼弯弯，很多男顾客都会多看她几眼。

刚到奶茶店的时候，我什么都不会，呆呆地傻站着，是小雪教我如何下单、如何处理鲜果、如何打奶盖……渐渐地，我以为自己是一名合格的店员了。谁知一天傍晚，我遇到了一位特别挑剔的顾客，买了 4 个欧包，全都要切，但不管我怎么切，都不合她心意。正当我耐心耗尽、火气一触即发时，小雪及时出手，帮我解了围。我看着这个比我还小几岁的女孩，那样卑微地向顾客赔礼道歉，心里除了感激，还

157

有莫名的酸楚。

从那以后，我和小雪慢慢成了无话不说的好朋友。顾客少的时候，我喜欢站在旁边，静静地看小雪熟练地煮茶、摇茶。小雪说，她很羡慕我出生在深圳，还是大学生，而她在16岁那年就辍学了，跟着一帮老乡来深圳打工，每个月的工资都要寄回家，攒着给弟弟上大学用。

我心里充满疑问，想问她自己为什么不上学。但望着小雪那张淡定的脸，犹豫了很久终究没有开口，也怕逾了交情。

相处一月有余，我知道她为了省钱，每顿饭只就着一杯白开水啃面包，日复一日；我知道她喜欢优衣库的一条粉色连衣裙，却一直舍不得买；我知道她白天在奶茶店打工，下班后还会去附近的药店兼职；我知道在那遥远的家乡，有她心心念念的亲人，每月等待她的汇款；我知道她宁愿自己深陷泥沼，也要把最好的东西回报给家人，却无人关心她在深圳是否安好。

小雪啊小雪，你这样善良的傻姑娘，叫人如何不心疼呢！

临近中秋，我特意邀请小雪去家里吃饭。途中经过一所学校，迎面走过来一群穿着校服的中学生。小雪停下脚步，眼巴巴地看着他们的背影，默默注视了好久。这回，我怎么也没忍住，终于对小雪说："你如果真的想上学，可以上网课继续进修呀！"

小雪低头不语，仿佛陷入漫长的沉思。很快，她抬头看我一眼，笑了笑，淡淡地说："我来深圳是为了赚钱，老家的房子要重新盖了！"

听罢，我懊丧至极，仿佛一记重拳打在了一团棉花上。

很快就到九月份了，我要开学了。在奶茶店打工的最后一天晚上，我和小雪喝着奶茶坐在华润城前高高的台阶上，风轻轻吹过来，广场上有嬉闹的孩童，不远处车流滚滚。我记得那晚，小雪野心勃勃地对我说："从今天开始，我要做一名网红，赚很多很多的钱！"我看见小雪晶莹的眸子在夜色里闪闪发光。

原来，小雪当起了短视频主播。我有一次刷到小雪的视频，她涂着鲜艳的口红，站在深圳繁华的街道上，说自己刚刚发了工资，还有奖金，全部寄回家了，村里人都夸她能干。

我记得小雪说过，她们那个村子漫山遍野长满了榆树，有很多像她这样的女孩，早早辍学离乡，以牺牲自己贴补家里而自豪。我悲从中来，一眼扫过视频底下零星几个赞，小雪竟为此开心不已，她无限憧憬地说，以后红了要给家里建大房子，给弟弟买平板电脑。在每一条视频的最后，小雪总要甜甜地笑着说一句请大家多多关注。

很多人觉得小雪的笑容很治愈，慢慢地，给她点赞的人越来越多，她似乎在圆梦的路上越走越好。我悄悄关注着她，在宿舍熄灯的夜晚，在写论文休息的间隙，认真看完她的每一条视频。小雪后来认识了一个快递小哥，在一个月色温柔的晚上，她坐在快递小哥的电动车后，沿着深南大道飞奔，直到东方露出鱼肚白。他们还在小梅沙的雕塑下，许下一生一世的誓言……即使隔着冰冷的屏幕，我仍感觉到了他们纯真的爱情。

可是，小雪家里张口就要 20 万元的彩礼，快递小哥的积蓄远远不够，为这事，小雪急得整夜整夜睡不着觉。我经常看到她在凌晨 3 点发视频，她说她只要 1 万块就嫁，因为从来没有人在她生病的时候嘘寒问暖，也没有会记得她的生日，而快递小哥会给她买生日蛋糕，会给她买 10 多块钱一斤的大苹果，还带她做美甲，买巧克力……

看着看着，我的眼睛慢慢蒙上了一层雾气，鼻子又酸又疼，我翻出小雪的微信，什么话也没说，直接给她转账了 5000 元，那是我勤学打工的所有积蓄。作为朋友，我能做的，也仅此而已。

微信那边是久久的沉默。一天后，微信自动退款给我，小雪没有收那 5000 元钱，只发来一句"谢谢"。

过了几日，她在视频里说，她尝试和家人沟通，以后只寄一半的工资回家，因为她不想住在拥挤的集体宿舍，想出去和快递小哥租房，却遭到了家里人的一致反对，他们说钱要留着让弟弟出人头地。

我想起小雪的集体宿舍是在一排平房里，破旧而杂乱。我曾去过一次，被附近大排档随意丢弃的腐烂食物熏得透不过气。想想小雪辛苦劳作一天，深夜拖着疲惫的身体下班后，却没有一个舒心的安身之地，岂不是度日如年！

转眼到了深秋，那是个晚霞满天的黄昏，我刚听完一场讲座，走在落满枫叶的小径上，打开手机就收到推送过来的直播消息，是小雪。此刻，她站在万象天地的广场中间，身后的奢侈品名店熠熠生辉，她说自己心里乱成了一团麻，家里人说如果快递小哥不能马上买房，就不许他们再交往下去，还说她不如趁年轻赶紧去傍大款，她茫然无措，不知道自己该何去何从。

短短几分钟，评论区里炸开了窝，网友纷纷留言，有的不堪入目，吓得小雪草草结束了直播。我赶紧给她打去电话，一个接一个，但那头一直是忙音。我呆呆地站在夕阳下沉思了很久，最后平静下来想，每个人都有自己的人生，旁人无权干涉，就算打通了小雪的电话，我又能对她说些什么呢。

我头痛欲裂，慢慢朝宿舍走去。校园的景色开始有了萧瑟之象，我知道一年又快结束了。我在元旦夜外出聚餐，手机不慎遗失，后来得知小雪早已辞职，没有人知道她去了哪里。从此，我再无小雪半点消息，亦不知她和快递小哥的故事是否还在继续，抑或是早已向家人妥协……

日子悄然流逝，匆匆两载，又是一年冬季，深圳却温暖如春。我在一个午后经过铜鼓路，远远看到奈雪的茶，又有新的 18 岁的姑娘在那里忙碌。我心里不禁一阵悲伤，在这座没有雪的城市，请祝福那些善良和爱笑的她们吧！

深圳教师"上岸"记

　　2020 年 8 月的一个午后，我正式成为深圳一所公立小学的语文教师。那天，我带着录用通知书，来到春笋大厦前拍下一张照片。那天，我第一次发了朋友圈，为这张照片配了短短一句话："来深圳 8 年，考了 12 次，今天，我终于成功上岸啦！"

　　一时间，朋友们纷纷留言，对我的"上岸"表示羡慕不已。我在美丽的深圳湾，一个人望着大海泪流满面。路人向我投来诧异的目光，没有人知道，我为了这一刻，等了有多久，等得有多苦。我永远都无法忘记在那昏暗的水下，潜藏着的那些千回百转的往事。

考编，是她唯一的信仰

　　23 岁那年，我毅然辞去小城编制出来"闯"世界，珠三角各地都留下了我漂泊的足迹，兜兜转转就到了深圳。我住在下沙村里狭窄的小旅馆，啃了将近一个月的馒头，各种辛酸不足为外人道。还好在弹尽粮绝之时，终于被一所私立学校聘用，从此开始与深圳的情缘，也开始了我漫长而辛酸的"上岸"之旅。

籁杜鹃盛开的季节，我得知南山区一所公立学校招聘教师，就连夜在网上报了名。无奈的是，当时教学事务异常繁杂，单是完成本职工作已心力交瘁，再无更多精力备考。结果不出所料，连面试的机会都没有。幸运的是，考试时坐在我前面的考生竟然是我的校友，她叫苏萌，高我四届。这是苏萌第十次参加教师招聘考试，为了这次考试，她辞去了工作，背水一战。

临别时，我加了苏萌的微信。翻看她的朋友圈时，我惊愕不已，她的生活全部被"考编"填满，目之所见尽是摞得高高的复习资料，密密麻麻的笔记，还有每日奔波在培训班的点滴……苏萌说，考上深圳的教师编制，是她生活里唯一的信仰。

我给她点了无数个赞，因为在我的心里，苏萌"上岸"应该是顺理成章的事情。她那么努力，那么认真，她付出了那么多，难道不应该得到应有的回报吗？

半个月后，一个阴天的傍晚，我刚准备下班就收到了苏萌的微信。她说她面试失败了，决定离开深圳。我惊讶，问她为什么不再试一次。她只回了一句："太累了，我想放弃了！"

夜色慢慢袭来，秋风微凉，我思绪纷繁，匆忙赶去苏萌的出租屋，只见她神情困顿地坐在地板上，行李早已打包好。她勉强笑着对我说："我是个 Loser，在深圳也没什么朋友，这些资料就留给你吧，希望你能成功上岸！"

我双眼湿润，上前拥抱了苏萌，她撇过脸流下了不甘的眼泪。我帮她拉着行李箱，下楼，上出租车，她落寞的身影慢慢消失在滚滚车流中。

大雨拍打在我的身上，痛不欲生

天空淅淅沥沥下起了蒙蒙细雨，我抱着苏萌送给我的复习资料，呆立在路边。

回去的路上，公交车驶过灯火璀璨的深圳湾，一座座拔地而起的高楼大厦就像一个个永不言败的成功人士。面对此情此景，不知为何，我的内心再次生出无穷斗志。深圳这么好，我要留在这里。

那年春节，我没有回家，铆足了劲，准备第二次考编。从考察学校，到选培训班，事无巨细，面面俱到，确保万无一失。我一个人窝在出租屋里，埋头钻进教育学、心理学的教材里，刷着成千上万道真题……

短短数月，我度日如年。虽然深圳天蓝地绿，整个城市给人一种充满生机与活力的感觉，但我的生活却是一片灰暗，时刻笼罩在"考编"的阴影之下，一日不"上岸"，一日不得安宁。因为那是像我这样普通的女孩子所能抓住的、能够体面扎根在深圳的为数不多的机会。

想想来深圳的这段日子，我从来没有尽情地游玩、逛街，我日复一日走着苏萌当年走过的路，因为害怕自己和苏萌有一样的结果，所以我把自己活成了一个"机器人"：上班时，备课、上课、批改作业；下班后，备考、刷题、练习面试……

周末，坐地铁去书城上辅导班，偶尔看到穿着时尚的年轻女孩走过，那修长的双腿，那飘逸的长发，那才是肆意挥洒的青春啊！

我抱着厚厚的资料，默默走进金丰城十楼，那里已经聚集了数百名备考生，大家都在埋头刷题。休息的间隙，培训老师慎重地说，面试的时候，女孩子剪短发、染发，都会影响分数……

我默默记在心里，身体力行，平时买衣服，尽量买职业套装；坚持把头发留成黑长直，尽管每次打理起来十分烦琐;更严格的是,老师要求我们每日对着镜子讲课,并且练习微笑 100 次。苦中作乐的滋味不好受,有一回练习时间太久,整个脸颊都在抽搐……尽管如此,我仍旧信心满满,以为自己已经准备就绪,"上岸"指日可待,然而,天不遂人愿。

2017 年 5 月 14 日,太阳暖洋洋的,我早早起床,向窗外望去,簕杜鹃一簇簇、一丛丛,花开满城,远方的高楼大厦昂扬向上的姿态更让我信心倍增。考场设在一所小学,上午考教育学,下午考心理学,考完之后,我整个人筋疲力尽。

数日后,我如愿参加面试。面前端坐数位考官,我神情自若,回答问题时滴水不漏,我看见各位考官露出欣赏的笑容。从考场走出来的那一刻,我如释重负。

成绩公布之日,明明是个大晴天,却突降暴雨。老天好像也在为我哭泣,我以一分之差落榜。我沿着红树林一路狂奔,大雨拍打在我的身上,痛不欲生。

黄沙百战穿金甲,不破楼兰终不还

当夜,我高烧 40 多摄氏度,独自在医院躺了一夜。爸爸打来电话,万分心疼地说:"傻孩子,天下这么多工作,没考上教师编制又如何呢?"我泪如雨下,却说不出一句话来,我不想爸爸年岁渐长,还如此辛苦,我不想自己年将而立,还一事无成……那夜，我陷入绝望，所有星辰在我的世界隐没。如果能回到那一刻，我想好好拥抱当时的自己，告诉她：

再坚持坚持，胜利的曙光就在前方！

从此以后，我郁郁寡欢，亦不甘心。想起列夫·托尔斯泰曾说过："每个人的心灵深处，都有着只有他自己理解的东西。"想想那几年，我为了心里的执念，拼了命，像着了魔似的奔波在各个辅导班。深圳教师编考试辅导费用不菲，动辄上千上万元，我一年考两次，每次都报班，积蓄所剩无几，我是憋着一口气，要"黄沙百战穿金甲，不破楼兰终不还"。

又是一年五月，记得那天，我匆匆赶到坪山参加面试，一天下来，因为太过紧张，耗尽心力，最后竟晕倒在那所小学的教室里。结果可想而知，那是第八次还是第九次的失败呢，我已经记不清了。

只记得，无数个深夜，挫败的感觉像小小的虫子在噬咬着我，让人无法入睡。眼睁睁看着凌晨三四点的深圳，灯火明亮，自己却像个困兽一般画地为牢，惶惶不可终日。终于，一场胃病成为压倒我的最后一根稻草。我披头散发，整日躲在出租屋里不肯出门，私立学校的工作也弄丢了。妈妈千里迢迢从老家赶来照顾我，她紧紧抱着我说："你爸不放心你，孩子，你还年轻，失败了再来，有啥想不开的，还有爸妈呢！"

我看着妈妈日渐苍老的面容，心里如针刺般痛苦。想想这些年来，我从未给父母买过一件像样的礼物，却总是让他们担心难过。我想，我是没有资格在深圳继续抑郁下去的。

一切水到渠成，我上岸了

八月，楼下的桂花香飘满屋。我送走妈妈，重新整理了自己的简历，顺利找到了一份在公立学校代课的工作。公立学校待遇不错，有干净的宿舍，和同事相处愉快。我的经济状况也明显好转，去华强北给爸妈买了新手机寄回去。妈妈语重心长地说："你该谈恋爱了。"

是啊，"考编"不是我生活的唯一，那些美好时光亦不能辜负。街道两边的木棉花开得正艳，校园里的爬山虎蜿蜒在每个角落，班里的女孩每周会折千纸鹤送给我，学校调皮的男生会叫我"漂亮姐姐"，有位体育老师常约我放学后一起散步，教导主任几次想给我介绍男朋友。

慢慢地，我学着享受生活中的一些小乐趣，虽然"考编"始终萦绕在我心头，但人终归要过好眼前的生活，不是吗？

我开始跑步、健身、练瑜伽，我跑完了大小梅沙，走完了东西涌，打卡了深圳很多网红商场和餐厅，拍了一直想拍却没有拍成的艺术照，我读书、看电影、看画展。我发誓，要在爸爸55岁生日的时候送一份大礼……我列了整整三页除了考试以外的愿望清单，整个人豁然开朗，我开始喜欢上这样的状态，也更爱这样的自己。更没想到的是，当我把"上岸"看得很淡了，它竟悄然落入我手中。

我记得，自己的笔试是第一名。

面试那天我穿了一袭白色长裙，搭了淡淡的口红。出门前随手翻开了一篇四年级的语文课文 ——《普罗米修斯》，练习了导入和板书设计后，就轻装上阵了。夏天的深圳，太阳猛烈。我走进面试间，拿到试题，纸上赫然印着《普罗米修斯》。

一切水到渠成，我上岸了，这是送给爸爸55岁生日的最好礼物。

2020年即将过去，我将开始崭新的生活，在入职之前，我去剪了帅气的短发，还染成了耀眼的板栗棕色，看，它们在阳光下轻舞飞扬！哦，对了，忘了告诉大家，我是四川妹子，是深圳千千万万"考编"大军中的普通一分子，所读大学，并非名牌，更不属于"985""211"之列，但是无论是在绝望之境，还是身处至暗时刻，我都不曾放弃，相信你也可以！

路人丁的平凡之路

劳其筋骨

今年五月，我提交了辞职报告。我花了三年时间，想清楚了一件事，那就是离开互联网行业，从此投身考公大军，"风萧萧兮易水寒"，无畏又悲凉。

其实，早在大学毕业之前，我就听说了互联网行业的快节奏——加班是常态，甚至24小时待命。

无奈刚毕业时，作为计算机专业的学生，怀着对行业的憧憬和刚踏入社会的雄心，我根本不在乎那些所谓的压力，甚至对连轴转的工作节奏也欣然接受，美其名曰：天将降大任于是人也，必先苦其心志，劳其筋骨。

逢年过节，父母每每耳提面命，让我趁年轻考个"铁饭碗"，我完全不以为意，觉得在互联网企业工作体面又多金，感慨每天遇到不同的人，解决不同的事，未来有无数种可能，该是何等的快意人生！

可是没过多久，我就被现实狠狠打了一巴掌，繁重的工作让我体会到了橡皮筋被拉到极限的感觉。在公司里，我主要负责商业化变现运营，对接广告变现渠道。这种工作，等同于 24 小时与客户捆绑。客户随时都会提要求，这里要改，那里要调，不管什么时间找你，你都得第一时间回复。

平时约好和朋友们一起出去玩，我往往是那个放鸽子的人。即便有机会出门，我也得随身带上电脑，一个电话打过来，我就得四处寻找有 Wi-Fi 的地方，改方案、发资料，实在是让人扫兴。渐渐地，有什么活动，大家也不喜欢叫我了。难得中意的男同学请我看电影，从坐下开始手机一直在振动，无休止的连环夺命 call 差点引发众怒，我只好灰溜溜地提前离场，连同告别的还有那段没来得及开始的恋情。

最令我崩溃的是去年除夕之夜。我刚和家人吃过年夜饭，就接到了客户的电话，只好一个人守在电脑前待命。客户在春晚上投放了广告，我的工作是要尽快把相关的视频，第一时间传送到社交网站上。然而，传了删，删了传，反反复复，我从晚上八点忙活到次日凌晨两点，想尽了各种办法，上传的视频始终无法正常显示。

那一刻，我心急如焚，却无计可施。楼下电视机里传来撒贝宁的新年祝福和家人们的欢声笑语，空气里弥漫着喜庆祥和，只有我一个人守在房间里，看着窗外的鞭炮在空中划出一两点光亮，感觉又累又沮丧，一年就这样颓然消耗而去。

隔日，妈妈又语重心长地拉我谈心，言辞间对我的工作颇有看法，就算薪水再高也只是碗青春饭，提醒我要做长久打算。这一回，我竟无力反驳。几天后，公司才弄清楚状况，原来社交平台在除夕之夜被限制上传商业广告。我的付出竟是无用功，不仅白忙活了一宿，还被小组长骂了个狗血淋头。

如履薄冰

新年过后，上紧了发条的日子还得继续。

我的公司位于高新技术产业园区，每天早上挤在喘不过来气的地铁站里，人群整齐划一，仿佛听到发令枪声一般，乌泱泱地朝着一个方向冲过去，看起来目标明确，又似乎是在随波逐流。到了傍晚，一栋栋写字楼灯火通明，无论你加班到几点，永远有人比你更晚。这样的日子，常常让人陷入无边的绝望。

周一，公司约了客户商议方案细节。楼下星巴克里坐满了为现金流发愁的商业精英，服务生急忙清理桌面，我们站在一旁等候。"这个城市里的人，太累了。"我循声望去，说这话的竟是我的客户——林冬。林冬的自身条件让我可望而不可即，她是海归硕士，父母在深圳工作，家里有房产，自己薪酬优渥，但匪夷所思的是，她的焦虑并不比我们少。

林冬告诉我，她的大学同学几乎都逃离深圳了，她现在觉得特别孤独。有时候，她也会开玩笑地说，自己刚从国外回到深圳时，也曾豪情万丈："年轻时我觉得我能拥有全世界，深圳就是我的，什么职业规划，那是不存在的，我要当CEO。"林冬自嘲地笑了笑，几年下来，大环境带来的不安定感，把她的豪情击碎一地。"30岁的魔咒犹如悬挂在头顶的达摩克利斯之剑，想在深圳寻找归属感，玄妙至极。"夕照透过玻璃窗射下来，光影中的林冬显得十分落寞。

她的一番言论，就像坠入大海中的巨石，在我心里迅速激荡开来。无意中，我听说她也在备考公务员，突然间就明白了她那种微妙复杂的情绪。考上公务员，亦是她在家庭之外获得某种安定感的最佳途径。像我这样一个连路人甲和路人乙都排不上号，大概是个路人丁吧，又何尝不需要这份安定与踏实呢？

这些年，经济形势变幻莫测，大公司为节约成本，合并部门，小公司处境艰难，大多倒闭，写字楼里人人自危。我被这种不安的情绪推搡着，小心游走在各色客户之间，战战兢兢，如履薄冰。翌日，午休时外出觅食，发现楼下被拉上了警戒线，来往的人群凝固在商业街道上。这是很平常的一天，阳光温暖，车流穿梭，戴着工牌的打工人三三两两出来放风，不远处的地铁站正在施工。而此刻，有个被公司辞退的中年人，从写字楼楼顶纵身一跃，生命戛然而止。

那画面，不忍直视。我逃也似的回到写字间，整整十分钟，依旧惊魂未定。我打开电脑，想看看视频缓解下情绪，又被自动弹出的"23岁女员工凌晨下班路上猝死"的新闻，吓出一身冷汗。

四面楚歌

当晚，我在办公室里埋头赶工，精神恍惚中，环顾四周，只觉四面楚歌，脑子里不时闪现出一个念头 —— 也许再拉紧一点，拉到某个点上，我也会崩溃。这滋味如鲠在喉，苦不堪言，往后数年的日子，似乎一眼就能望到头。

在茶水间里遇到年过30岁的主管Ellie，她正站在窗前喝咖啡，疲惫的背影让人心疼。听说前阵子她好不容易怀孕了，却因为工作强度太大而流产，身体还没完全恢复就来上班了……谁又能说上班不是上战场呢？都是拿命在搏。

Ellie 转过头来，也许是白天的事情触动了她，竟主动和我闲聊起来。她说起人到中年的困顿和迷茫：后起之辈的穷追猛赶，难以突破的职场瓶颈，就连升职也显得鸡肋——哪天挤破头升了上去，又怕开价过高惨遭裁员，人到中年，前后左右四面楚歌。

那晚，Ellie 面色平静，却说着骇人听闻的话："多少次，我看着这璀璨灯火，也有那么半刻，想纵身跳下……你们不知道，我也被解雇了，公司上周通知我走流程……"Ellie 把脸埋进双手，我因为过度震惊，一时呆怔，不知该如何应对。

自称"拼命三娘"的 Ellie 年薪百万元，到头来却落得个"弃之如敝履"的结果，或许这真是一个吃青春饭的行业。十几年前，它给了 20 多岁的参与者多少红利，如今，它就给了 30 多岁的坚持者多少酸楚。

"尽力在 30 岁之前考上公务员吧！"这话出自 Ellie 之口，有过来人的劝诫，也有自我嘲讽的意味，随着她的背影遁入夜色，一度让我引以为傲的工作在心里无声坍塌。

可是，有谁不会 30 岁呢？不管是普通职员，还是公司的经理、主管，或者 CEO，又或者是明星大腕、电视里闪耀的金话筒主持人。前阵子，我发现很多知名主持人也纷纷离职，或转身投入自媒体、短视频行列，开启人生新的征途。

那一刻，我释然了，或许这是每个人的必经之路。

人人都有高光时刻，也有落幕或者转型的时候。

珍惜当下的工作，也为未来多准备一个 Plan B，事到临头，就不会那么茫然无措了。

走出写字楼，我蓦地想起那些年妈妈说过的话，突然懂得了"父母之爱子，则为之计深远"的良苦用心。古往今来，小人物的命运如同时代浪潮中的一滴水，只能被汹涌的巨浪裹挟着前行，到最后，普通人图的不过是一世安稳。

过了立夏，我就从公司离职了，再不想每天依靠药物才能入睡。我买了票，去了一直想去的阳朔，坐在漓江边，耳机里循环播放着朴树的《平凡之路》：我曾经问遍整个世界／从来没得到答案／我不过像你像他／像那野草野花／冥冥中这是我／唯一要走的路啊……不知不觉早已泪流满面。

旅行回来后，我答应妈妈，先找了一份劳务派遣的工作，然后一边工作一边复习"考公"。谁能想到，这份曾经不屑一顾的工作，如今却成为我苦海中振臂奔赴的一艘救生艇。我被安排在明亮宽敞的行政服务中心，坐在第二个办事窗口。朝九晚六，拥有完全属于自己的周末，偶尔也会加班，但出门游玩时再也不用提着电脑疲于奔命，平时接待的都是市民，彼此沟通起来也是平等的，比伺候甲方舒服多了。

这种反差，让我考公务员的想法日趋强烈。被社会"毒打"之后，我自认为在事业上没有太多野心，能"上岸"就好，当个小兵也很不错。闲暇的时候，我在豆瓣、知乎上闲逛，经常看到很多基层公务员抱怨事多钱少，但考虑到稳定，大家仍然觉得这是不错的选择，起码能撇开职场上的浮浮沉沉，不会有中年危机。而且据"上岸"者说，一旦"上岸"，整个人似乎一下子豁然开朗，人生开始步入正轨，各项人生大事也陆续提上日程。

对此，逼近 30 岁的我，竟再无异议。

这一次，我终于义无反顾地离开深圳

再见，2020

2020 年的春天，如果有人问我，来深圳需要准备什么，我会告诉他，请尽早习惯告别。因为在深圳，身边常会有人离开。习惯了，就不会因为别人的离去，或伤心或难过，或改变自己留在这座城市的决心。

来深圳以前，我在北京待过，在杭州漂过，辗辗转转，离家也越来越远。在很多个午夜梦回，我也考虑过回到家乡，可舍不得每月过万元的薪水，又担心无法适应老家的生活节奏，常常陷入迷茫，不知该作何选择。

转眼，我大学毕业已有 8 个年头了。那时候怎么也不会想到，比起"2012"，"2020"似乎更加适合作为一部末世灾难电影的片名。

这一年，发生的很多事情大都过于悲剧化，好不容易熬到了 12 月，我以为可以快乐地跟 2020 年说再见，然后再次拥抱美好生活时，却没想到有更惨烈的事情在等着我。现在回头来看，这一个月发生的一切很不真实，好像一个可怕的噩梦，可梦里的情节，的确真真切切地发生在我的身上。

再见，爸爸

犹记得年初，1 月 22 日上午，我还在憧憬着自己在年会上能抽中什么奖品，没想到关系一直很疏远的姑父竟打来电话，他声音冷峻地问："你现在在哪儿？"

这些年，我四处漂泊，工作不稳定，也就很少和家里人联系。姑父的电话让我顿生疑惑，怕不是家里出了什么事？我赶紧回答说："姑父，我在深圳呢，怎么了？"

姑父在电话那头说："你爸出车祸了，你快回来吧！"

放下电话，我脑袋里乱哄哄的，跟丢了魂似的，心里只有一个念头，那就是立刻赶回去。仓促中向上司请了假，来不及与同事们说清原委，回宿舍把厚衣服塞进行李箱，直奔机场。

到达太原时，已经是晚上 7 点。下飞机的时候，一阵寒风吹来，我这才想起身上穿的还是在深圳时的衣服，一件短袖，一件外套，单薄又可怜，让我在北国的暮色中瑟瑟发抖。

我顾不上添衣服，又马不停蹄地坐火车赶往平遥。一路上，我打了无数个电话追问姑父，我爸怎么样了，伤势严不严重。姑父却支支吾吾，只说爸爸在交警队。这般欲盖弥彰，更让我如热锅上的蚂蚁，分外煎熬。

情急之下，我赶紧给舅舅打电话。没想到，舅舅也是顾左右而言他。这一刻，我的心陡然一沉，冥冥之中预感到可能发生了可怕的事情。从车站出来，迎面看到舅舅来接我，他一副欲言又止的模样。这时，已经是深夜12点了。一坐上车，我就问舅舅："我爸怎么样了？"

舅舅面带哀容，轻声说了句："小毛儿，你爸不行了。"

我听完这句话，泪水终于像打开了闸门，汩汩而出。只记得舅舅再三嘱咐："你妈已经哭晕两次了，你到了宾馆坚强点。"我擦干眼泪，哽咽着说不出话，只好点点头。

凌晨1点，我终于到了宾馆，房间里有好多人。我看见妈妈，她的眼睛红肿得像个桃子，我紧紧把她抱住。她怔了一下，又开始号啕大哭，我拍拍她的背，尽量用平静的语气说："没事，家里不是还有我吗，我长大了，能成为家里的顶梁柱了！"

自始至终，我在妈妈面前，一滴眼泪也没有流。等她去上厕所的间隙，我转身望向窗外一望无际的黑夜，心里一片悲凉。我已经一年没见过爸爸了，直到他去世前的最后一面，我也没见到。我望着周围的人群，心里在怒吼着，为何我在路上追问，我爸怎么样了，你们都避而不谈，如今这局面，叫人情何以堪！

我不知道那三日是如何度过的，我看着爸爸的骨灰入土，看着妈妈的背影在夕阳下显得愈加孤单，仿佛置身在一个醒不过来的噩梦里，悲伤铺天盖地地袭来。

直到回到深圳，坐在写字间里，敲代码的时候，我才渐渐意识到，爸爸走了，从此，这世间只剩下我与妈妈相依为命。

再见，朋友

这一刻，我终于没忍住，伏在桌上失声痛哭。我想着，妈妈年岁渐长，我又是独生女，无论如何要回家照顾她，深圳的工作迟早也是要辞掉的，痛定思痛，当下我就决定辞职。

同事们都很意外，因为我突然请假，说好的聚餐也取消了，想等着我回来再一起 Happy，没想到等来的却是告别。

从前的我，总是迷茫于何去何从，今日老天已经为我指明了方向，我别无选择。我婉言拒绝了同事们的好意挽留，想起往日的种种，心里百感交集。

刚来深圳那会儿，没有资历，只能靠努力。有一天晚上11点了，我还在公司加班，没想到平日话不多的小杨竟然偷偷给我订了蛋糕，为我点燃了生日蜡烛，连我自己都忘了自己的生日，那一刻，我潸然泪下。

前年冬天，公司有一个紧急项目，整个部门为此忙得昼夜颠倒。我每天早晨6点起床，凌晨2点入睡，常常敷着面膜就睡过去了，早上迷迷糊糊爬起来，几乎是闭着眼睛洗漱，感觉整个世界都是灰暗的。

我记得那年深圳很冷，好像梧桐山还下雪了。项目部外出见客户的时候，紧锣密鼓的安排让人连吃饭的时间都没有，那天我正好经期，整个人又累又乏。终于不堪重负，眼前一黑，当场就晕了过去，我也不知道自己睡了多久。醒来的时候，我躺在宿舍床上，空荡荡冷冰冰的房间，一个人都没有。

那一刻，我感觉好孤单，好想回家，想躺在家里的暖气房里，想吃一碗妈妈做的手擀面。口渴难耐，我强撑着想去倒杯水，却发现桌子上有止痛药、红糖水、白粥和一张纸条，上面写着："小毛，起床先把白粥和红糖水喝了！"看字迹，就知道是隔壁宿舍的悦悦写的，她是一个善良又美丽的江南女孩。

这是我来深圳后，第一次感受到来自身边人的关心。红糖水还是热的，我咕咚咕咚一口气喝完，感觉四肢百骸都暖和了，当然还有我的心。

我曾经以为，自己会和这些可爱的同事们，再朝夕相处数十年，一起赶项目，一起熬通宵，一起去杨梅坑踩单车、吃烧烤。

我曾经以为，一切来日方长，等到自己攒够首付，买个小房子，可以接爸爸妈妈来深圳，去杨梅坑看看南方落日下的海，带他们去平安大厦喝下午茶，去前海坐摩天轮，看幸福慢慢降临……

可是，没有可是……

爸爸走得那么突然，而我的离职，亦是那样让人措手不及。

部门老大纯姐，是我最想成为的人，她专业、敬业，家庭也很美满。她听说我要辞职，坚决不同意，说让我休长假，她可以去跟人事部门交涉，但我含泪谢绝了，最终还是办了离职手续。

再见，深圳

辞职后的第二天，我漫无目的地在深圳走了整整一天，试图找寻这些年的记忆。我走过世界之窗和欢乐谷——很多人在深圳接待外地朋友的必游之地；走过万象天地——想起那个苦等人工降雪的圣诞夜；走过东门——我总是想不通这里的酸辣粉、牛肉面与别处的有何不同；走过华强电子世界——但是进不去，周末那里永远人潮涌动；最后在日落时分走上莲花山山顶——这座城市永远像一个不解之谜，吸引着芸芸众生。

这次，我真的决定要离开深圳了。临近年底，车票难求，我来不及和同事、朋友一一告别，没有预想中的一醉方休和相拥而泣，只是约着关系特别好的几个朋友，简简单单吃了一顿粤式海鲜，我便踏上了北上归家的列车。

在火车上，这几年在深圳的生活片段随着窗外的风景一同闪回，我几近流泪。在失控的瞬间，接到了公司宋总的电话，她问我为什么离职。我说了自己的境况，不觉更加悲伤。她又问我今后的打算，并嘱咐我把妈妈安排妥当云云，末了，我听见她说，有什么需要可以随时跟她联系。

想来，宋总与我只是在新员工入职培训的时候，每天一起开早会，后来我定了工作部门，每次见到宋总只是打个招呼，仅此而已。也许对她来说，这个电话只是举手之劳，但于我而言却是一生的感动。

我不知道，离开深圳将会给自己的人生带来怎样的剧情，接下来又会有怎样的惊喜，但我知道，深圳带着一抹暖色，已经永远刻在我的心里，像生了根一样。

再见，亦是再见。

"深二代"的月亮与六便士

幸运的一代

走出办公大楼，久违的晚霞，伴着徐徐晚风，温柔地吹在脸上，让人生出一丝恍惚。正是晚高峰时段，汽车排成长龙，不禁想到尹丽川的诗，她说："看堵车似望山河，人间尽是比喻。"诗人的文字太奇妙了，一定程度上消解了生活本身的粗糙，以及人内心的焦灼。

绿灯亮了，我坐在车上往窗外望去，只见整个城市的灯光渐次亮起，影影绰绰，犹如海市蜃楼一般。

这是我的城市。我不像这个城市中的很多人，有一个遥远的故乡，我出生在深圳，拥有"44030"开头的身份证号，在别人感叹时运不济时，我却拥有父母的庇护和照顾，过着优渥安逸的生活。因此，很多人给我贴上一个标签——"深二代"。

我记得，小时候的家住在布吉，左邻右舍都是移居深圳的异乡人，有的人来，有的人走，没有几户能长久地留下。我父母的生意却越做越大，短短几年，全家人就从布吉搬到了当时的深圳中心——罗湖。

和大多数"深二代"一样，从小学到高中，我都在家附近的学校就读。我喜欢罗湖浓厚的生活气息，还有那些散落在大街小巷的咖啡馆。每逢节假日，学校放假，我就会约上三五好友，找一家静谧的咖啡馆，闻着治愈的咖啡香气复习功课，那真是再幸福不过的时光了。

高考填志愿的时候，我毫不犹豫地选择了深圳本地的大学。倒不是不愿意去别的城市看看，只是觉得没有离开的必要。试问偌大的中国，还有哪里如深圳这般发展迅猛，日新月异呢？况且，父母也希望我能留在他们身边，作为独生女，何不成人之美呢！

我与父母同住，家中布置温馨，推开窗户，面对一片仙湖美景，天气好的时候，放眼望去，风吹林梢，如翻麦浪。很多朋友到家里做客，无不艳羡，说我过的是"神仙日子"。

二十余年来，我的世界阳光、健康、欢乐，从来没有受过什么打击。因为没有遇到怦然心动的对象，甚至连失恋的滋味都未曾尝过。

平生第一次遇到挫折是大四那年，同学们纷纷找到了工作，有的还拿了好几个 offer。但我却很茫然，大学里表现平平，没有取得亮眼的成绩，没有出色的实习经历，更重要的是，我没有任何一个能拿得出手的强项，我该去做什么工作呢，又该成为一个怎样的人呢？

我曾一度陷入迷茫，就在那段日子里，我在一家咖啡馆找了份兼职。那是一家坐落在别墅区的小小咖啡馆，只有几张卡座，店外还有一个小院子，绿意盎然，处处透露着店主的用心。在那里的每一日，我都觉得无比放松，整日琢磨咖啡的香与浓，不问世事，仿佛这种日子就是我毕生所求。只是当时太过年轻，对未来看得还不够清晰……

低头捡六便士

思绪间已至家门。我打开门，难得妈妈回来得这样早，看见她正在厨房里忙碌，锅碗瓢盆叮当作响。今晚的菜单是糖醋小排、油焖大虾、荷叶乌鸡汤。我馋得厉害，不时询问什么时候开饭，一再地被妈妈笑着推出厨房。

百无聊赖，我窝在沙发，打开电视机，刚好在播放电影《第 36 个故事》，典型的小清新文艺片，一个梦想开咖啡店的女孩，终于靠自己的锲而不舍，圆了梦想。我很喜欢这部电影，记不清看了多少次，好像每看完一遍，勇气就多了一些。

就这样静静地看着一帧帧温暖又复古的画面，听着舒缓的背景音乐和旁白，脑袋里"叮"的一下，我突然就明白了自己想要什么样的人生。

就在这时，听到妈妈在餐厅里扬声道："然然，赶紧洗手吃饭。"

这是最温馨的家庭时光，我一时不敢开口，怕破坏这气氛。

妈妈把电视换到新闻频道，并瞥了一眼电视，脱口而出："瞧，这个主持人长得还没我女儿标致！"

我尴尬地笑了笑，那个主持人专业水平很高，是深圳电视台的顶梁柱。记得她偶然间得知我是深圳本地人后，唇边挂着讥笑，不屑地说："难怪，陈子然每日下班那么准时，原来是'深二代'！"

其实，这种酸不啦叽的声音，我从来都不陌生，但那天自她口中吐出，真的伤了我的自尊心。大学毕业后，我进入本市电视台从事后期制作，的确是妈妈的安排，但我在大学所学专业就是影视制作，虽谈不上出类拔萃，却完全可以胜任。

可是，这份看似光鲜的工作却让我苦不堪言。我经常守在工位上剪辑视频，一剪就是一个通宵；难得的周末，还要去访谈节目里客串观众，更讽刺的是，每当遇到煽情的场面，导演就要求观众做"痛哭流泪"状，可我每次都哭不出来，真是折磨人。

工作越是不如意，我就越想寻找内心的宁静。只要有片刻闲暇，我就泡在曾经兼职过的咖啡馆里。慢慢地，我竟完全融入了这个圈子。研磨咖啡豆时的香气、叠滤纸时的手感、咖啡一滴滴落在壶里的声音，我感觉到自己的身心慢慢在被咖啡接纳着，治愈着。

多少回深夜下班，我走在灯火通明的街道上，发现这个城市到处都是低头捡六便士的人，而我，要抬头寻找自己的月亮。王小波说的"诗意的世界"大抵如此吧。一生看过多少回月亮，可每回看到还是惊喜。

幸运就在一瞬间降临，业界有名的咖啡烘焙师想要收我为徒，机不可失。可另一边，父母催促着让我考个电视台的编制，美其名曰，女孩子嘛，别瞎折腾，工作胜在体面、安稳。

说来好笑，有那么几回，妈妈无意间看到电视台节目里闪过我的身影，那一刻，她竟一改往日沉稳，兴奋地打电话给亲戚说："快看电视！然然上晚间新闻了！"可想而知，妈妈是多么在乎这份工作所带来的荣耀。可我今天已下定决心，要摘掉这耀眼的光环，做真正的自己。

命运对我如此眷顾，二十多岁就遇到了让自己为之狂热的事情。无奈的是，父母竭力反对，当我说出辞职的那一瞬间，我知道，我的抗争之路已经开始。

一生的白月光

许是反骨作祟，我毅然辞掉了电视台的工作，一心扑在咖啡上。妈妈知道后勃然大怒，她强硬地要求我回去做个小职员，想要控制我的人生轨迹，让我永远躲在她的羽翼之下。

可我心意已决。那天之后，我便搬离了罗湖的家，与妈妈断了联系，跑到一家电影主题的咖啡店，边打工，边学习做咖啡。妈妈搬来救兵，外公外婆、大姑小姨，轮番上阵，劝说我早日回归正途，但我并非一时冲动，并信誓旦旦地说要在咖啡界闯出名堂，妈妈逮不着我的人，只好暂时作罢。

可万事开头难，首先是资金问题。我的积蓄并不多，也没有脸面再回去求父母。迫于无奈，我只能在打工间隙做起了代购，不停地往返港深，即使在尖沙咀刷爆了信用卡，在名品店里受尽了柜姐的白眼和奚落……但是为了自己开咖啡店的梦想，一切都可以忍耐。

好在皇天不负有心人，很快我就攒够了开一家小店的资金。接下来选址、装修、办理证件、采买设备、招聘店员……一切准备就绪，我终于开启了人生第一次创业。开业那天，人潮涌动，我发在朋友圈的照片，得到了父母的点赞和转发。那天，天空碧蓝，云朵雪白，银叶树也显得青翠。在醉人的咖啡香气中，我的眼睛有些湿润。

原以为，有了自己的咖啡店，以后便顺风顺水，可以给父母交一份完美的答卷，可天不遂人愿。我的咖啡店刚步入正轨，赚了点钱，还开了一家分店，谁料，瑞幸咖啡横空出世，快速遍布城市的各个角落，一家门店正巧开在我的店铺隔壁。

我的生意一落千丈，不仅亏得精光，还背负了几十万元的债务。之后的几年，我没有放弃，依然在咖啡圈里摸爬滚打，重整旗鼓准备第二次创业。

有人说，开咖啡店要有一点情怀，不能过于计较成本，当然也不能过于理想主义。对此，我深以为然。开咖啡店的这些年里，我不断搜罗零卡零脂配方，推出一款"无声告白"，好喝又不发胖，在七夕当日狂卖900杯，创下业界神话。时至今日，如果说，在深圳，我冲咖啡的技术排第二，估计没人敢称老大。我终于在生活的电影里，完成了属于自己的"第 36 个故事"。

近来，我与妈妈的关系也缓和了不少，以爱之名的束缚渐渐被冲破。有时候，她会带一些朋友到我的咖啡店坐坐；有时候，我也会回罗湖的家里，尝尝她做的家常菜。我们彼此都很珍惜这份尊重与自由。

而立之年，回想起这些往事，仿佛昨日重现。现在，我仍旧与咖啡打着交道，只是再不必亲力亲为。未来，我会在哪儿，投资什么行业，仍是一个未知数，但钟情咖啡这件事，绝对是我一生的白月光。

90 后小海归买房记

风中的哭泣

我在深圳买房的最直接原因，是一场无疾而终的爱情。

那年，我刚从英国留学归来，下了飞机顾不上回家，拉着行李箱兴冲冲直奔阿哲的住处。没想到，等待我的不是久别重逢的喜悦，而是他的背叛。

这段异地恋维持了三年，我们却在可以团聚的时候，散伙了。

没有声嘶力竭的控诉，只有平静的告别。想来，阿哲也没有什么错，谁不希望在深圳这个寸土寸金的地方拥有一方属于自己的小小天地呢? 他的新欢可以给他提供一间房子，让他少奋斗几十年。我们都是凡夫俗子，试问谁又能拒绝呢?

我的家并不在深圳。那晚我离开了阿哲的住处，却无处可去，只好在街头漫无目的地走着。

很多年过去，我仍然记得那晚在风中哭泣的自己。街上人来人往，我却孤单得不能自已，挟裹着伤心与屈辱，我不停往前走，一边哭，一边思考自己以后的路。

我想回家，可离家那么远，今晚无论如何也回不去了。今晚住在哪里，我该怎么办？后来，是表姐收留了我。表姐的家是一套临海的小公寓，面积不大，却很舒适。窗外霓虹闪烁，让人暂时忘却了烦忧。

要是我也在深圳有个属于自己的房子就好了，受伤了就躲在里面，天塌下来也与我无关。

表姐只比我大几岁，她能做到，我为何不行？从前，我觉得天地之大，我可以选择任何一个角落栖居，但如果买了房，就只有那一个角落属于我。现在想来，简直幼稚！

我彻夜难眠，次日就马不停蹄地在网上投简历，找工作，我在心里发誓，我要留在深圳，并且买下属于自己的房子。

我学的是设计专业，又有留学经历，很快就找到了一份收入还不错的工作。闲暇之余，我发现，身边的同事几乎都一门心思想着买房，整日琢磨购房政策，没上车的想着何时出手，投资的绞尽脑汁想拿到购房名额……在这样的环境下，我也不可能独善其身。有一日，竟从午睡中惊醒，大喊着"我有房子啦！"众人先是惊诧，然后捧腹大笑，这事后来成了办公室里的笑谈，并一直流传下去。

万物如浮云

深圳的房价一直高耸入云，我那点可怜的薪水根本是杯水车薪，但人只要有了方向，老天爷也会前来帮忙。这些年，我除了上班，空余时间都用来做兼职，比如给展览公司做设计、给网红达人拍照修图、给宠物店制作海报……只要是我能干的活，一律来者不拒。慢慢地，我也积攒了几十万元，但代价是，这些年我从来不是在生活，而只是活着。

我整日混迹于各种"极简"群，跟各路"房奴"探讨如何更省……有一个月，兼职收入不理想，我就每天都去团购一碗9.9元的重庆小面，吃到泪流满面。女孩子都喜欢逛街买衣服，我的衣服却寥寥无几，一件西装、一条半裙，是我唯一的战袍。身边的女孩子都用大牌护肤品，我只从超市买平价国货，还享受买一送一……回想起那段时间里，我只穿黑色衣服，一直到盛夏才换上鲜艳的短裙。契诃夫的戏剧《海鸥》里的玛莎总是穿着黑衣服，别人问她为什么，她说："我是在为生活戴孝啊。"

困顿中，我始终坚信，只有房子才能给人安全感，其他的都是浮云。在表姐的怂恿下，我开始四处看房。但彼时的我，完全无法理解深圳的楼市。小小的一室一厅居然报价两百多万元，这让我百思不得其解，踌躇再三，始终不忍出手，把表姐急得直跺脚，却无可奈何。

数月后，我与一位同事聊天，原来她几年前全款买了那个小区的房子，一年以后，房价已经翻倍。事实证明，房子的价值并不在于它的大小。看着比我大两岁的同事喜笑颜开，我这才意识到自己思维的局限以及自己的愚蠢。彼时，那套一室一厅的报价早已今非昔比，表姐气得对我直翻白眼，"早点出手，你已是小小富婆！"我悔不当初，却也无计可施，因为早已错失良机。

从那一年开始，我把买房当作事业一样经营，不管是从中介、网络获取的信息，还是通过朋友、同事的介绍，不管是在市区，还是在郊区，我都不辞辛苦，必亲自去查看一番。

其间，我很是中意位于福田 CBD 的一套小公寓，实木地板，落地窗，窗外有艳丽的巴西木棉。但是，这套公寓被妈妈一口否定了。为此，她还特地来深圳实地考察了一番。她觉得客厅跟卧室连在一起，简直不能容忍，而且每层住户太多，私密性不够，就像是个宿舍，没有家的温馨……在深圳，能入得了妈妈法眼的，恐怕只有价值千万元的豪宅了。

后来，我又和妈妈一起看了一些楼盘，或多或少都存在这样那样的缺陷：没阳台、走廊阴暗、户型不方正，等等。其实这些于我而言都不是问题，我只要求交通便利，可对妈妈来说，是万万不能接受的。不知何时才能遇到让母女两代都心生欢喜的房子，只能说可遇不可求。

毫无悬念，这次买房，因与妈妈观念不合，又泡汤了。在回家的地铁上，看着广告牌里的房产广告，我心里无比沮丧。我原本以为，想买房只要攒钱就够了，没想到还有这么多迂回曲折。

有恒产者有恒心

在我觉得购房无望的时候，生活又给了我惊喜且伴随着意外。2019年年初，老家有套房子卖掉了，家里入账了一笔可观的资金。我提出用这笔资金，再加上自己攒的积蓄，凑在一起，在深圳买个大点的房子。妈妈思来想去，同意了我的建议。

草长莺飞的季节，妈妈再次来到深圳，这次母女俩没有争吵，心平气和地一起四处逛楼盘，发誓要找到讨两人欢心、皆大欢喜的房子。先是去看了位于龙华区的一套房子，采光很好，很适合自住，但是略微超预算，契税也很高，最不满意的是离地铁站太远，以后或租或售都不好出手，只好放弃；之后又去看了宝安的房子，显然，宝安中心区的房价已经高攀不起，遂去看了西乡的几个楼盘，前景比较好，但等待的时间过于漫长，而且离福田太远了，又得作罢。

本来，我还计划带妈妈去光明区看看，但她去了趟西乡，已然是她心理所能承受的极限。无奈，我的买房计划再次泡汤。

好在天无绝人之路，就在我们踏破铁鞋无觅处之际，表姐带来了一个好消息，瞬间让我们觉得一切得来全不费工夫。原来，福田有一个新盘开售了，65平方米的小两房，户型方正，阳光洒进来时，可以从窗外看到高耸入云的平安大厦……更让人惊喜的是，房价在我们的预算范围以内，这不正是我们母女俩心心念念的好房子吗？

那晚，我和妈妈准备了家宴，邀请了表姐，一起度过了那个难忘又激动的时刻。

那是2019年的夏天，拿到购房合同的那天，我发了一条朋友圈：有恒产者有恒心。从此，我也是在深圳有住房的人啦！

没想到半日后，一个意外的人发来了一条意外的微信消息，是阿哲。他说，他分手了，现在单身。我笑笑，所以呢？然后删除了他的微信。

签完购房合同当天，妈妈就回了老家。

我从机场回来的路上，沿途美如油画，湛蓝的天空，碧绿的丛林，静谧的湖泊，那是我一生都不会忘记的风景。